さそりたち

井上ひさし

中央公論新社

目次

さそりたち

プロローグ

　フーテンの寅という国民的英雄の故郷である葛飾柴又と江戸川をへだてて向い合う松戸街道ぞいの商店街に、朝から納豆の糸のような細雨が降っている。坪数四坪の、客が十人も押し寄せてくれば鮨詰めの、十一人目のお客には立ってもらうか、さもなければ他の店へ回ってもらうしかないぐらい小さいスナック「さそり」は、この細雨に煙る商店街の南のとっつきにあった。

　もっとも「……あった」といういい方は他人事《ひとごと》すぎるかもしれない。というのはその「さそり」のマスターというのがほかでもないこのおれだからだ。

　あれは何年前のことになるか、ＷＣＲという外資系の事務用機械《ビジネス・マシン》の販売会社をしくじって、毎朝のように四谷の喫茶店で新聞の求人欄と睨《にら》めっこしていたことがあった。ある朝、いつものように新聞をひろげているとぽんと肩を叩いたやつがいた。そいつは中村という大学の同級生でさる学習雑誌販売会社の社員。おれが、

「目下、浪々の身でね」

と洩《も》らすと、

「スナックをやってみる気はないか」

急に膝を乗り出してきた。なんでも仕事の都合で五年ばかり広島で住むことになったのだそうだ。五年間、女房と子どもを放っておくわけにもいかないので、家族全員で広島に移るつもりだが、じつは困っていることがひとつある。女房が階下でスナックをやっているが、転勤の話があんまり急で借り手が見つからない。おまえ、留守番のつもりでスナックの雇われマスターになってくれないか。階上の住居は借り手が決まっており、そっちからはひと月三万の家賃が入る。だから階下のスナックは安く貸すよ。

WCRのセールスチーム「さそり」の若林といえば、仲間のあいだではちっとは聞えた名だ。そのおれがいまさら辺鄙《へんぴ》な旧街道のスナックの雇われマスターになぞなれるか、と欠伸《あくび》を嚙《か》み殺しながら聞いていると、そのうちに中村は別のところから攻めてきた。

「掛値なしにいいところだぜ。うちの店から西に向って歩くと、例の野菊の墓がある。そこからさらに西へ行けば矢切の渡しだ。日曜日には向岸の柴又帝釈天へ渡し船が出る。南は里見公園だ。園内すべて古戦場でね、戦国時代に、房州に城を構えた里見氏と小田原の北条氏が、関東の覇権を賭けて前後二回にわたって血を血で洗ったところさ。公園に立つと、眼下には江戸川の悠々たる流れ、眼前には葛飾平野、そして遠景には富士山がみえる。すこぶる壮大な景色でね、寿命の十や二十はたちどころに伸びるぞ。東は下総国分寺に国分尼寺がある。さらに東南へ進めば、真間《まま》の手児奈《てこな》堂だ。四月八日の花祭の鄙《ひな》びた賑やかさ、これもなかなかいいぞ。手児奈堂の横には北原白秋の旧居があるが、そうだ、この市川ってとこは文人の旧居の多いところでな、永井荷風だろ、幸田露伴だろ、北原白秋だろ、水上勉だろ、五木寛之だろ、正岡容《いるる》だろ」

そういう名所旧蹟をぶらぶら歩きしながらぼんやり暮すのも悪くはないな、とおれはこのあたりですこし考えを変えはじめていた。

「中山競馬場へだって遠くはないし、釣が好きなら江戸川へ釣竿一本担いで行きゃあいい。春は鯉、へら鮒、やまべ、はや、はぜ、真鮒。夏はせえた、いな、せいご、はぜ、うなぎ。秋はすずき、うなぎ、かれい……」

「やってみるか」

釣好きなところを釣られてしまった。以来、二年半、おれは中村のスナックの留守番をしている。中村には月五万円の借り賃を払う。そのためには二十万の売上げが要《い》るが、場所がいいからそれぐらいは楽なものだった。貯金などしたこともなかったのに、いまでは預金高十五万円の郵便貯金通帳を持っている。わがことながら信じられない。もっともスナックの一軒おいた隣が郵便局、窓口の女子局員が美人でその上愛想がいい。貯金しに通っているのはその女子局員の笑顔を見たいからなのかもしれない。あるいはおれもすこし年をとり、自分の行く先がやはり気にかかりだしたのか。

雨のせいか喰いつきがよくて、朝の九時に江戸川へ出かけて二時間で丸太魚《まるた》が魚籠《びく》にいっぱいになった。ウグイの親戚に当る魚だが、いまごろ、つまり初冬のやつはウグイより味がぐんと落ちる。おいしくなるまではあと二、三カ月待たなくてはならない。裏口から入って土間の水樽に丸太魚を放した。数日間、泥を吐かせてからバタ焼にして客に供する。一尾につき三百円にはなるはずだ。土間で身体を拭き、茶の間と寝室とを兼ねている六帖間に坐って煙草を咥《くわ》えた。店は午後三時ぐらいから混みはじめる。この近くにプールを備えたヘルスセンターがあり、そこへ通っている奥さんたちが腹を空かせて寄ってくれるのである。痩せるために水泳をし、その水泳のおかげで腹が減りスパゲッティやトーストの暴れ喰いをする。だから奥さんたちの身体つきは依然としてだぶついたままだ。お得意さんの悪口をいうのは商道にもとるが、無駄なことをする奥さんがたではある。二時間ぐらいは昼寝ができるなと思い、敷っぱなしの布団の上にごろりと横になったが、そのとき店で人の気配がした。

「どなたですか」

舌打しながら起き上り店を覗《のぞ》いてみた。客が三人いた。奇妙なことに女二人に男一人のその客たちは、カウンターやテーブルや入口のドアをせっせとダスターで拭いている。

「な、なにをしているんですか、あんたたちは」

店の床におりてサンダルを履《は》いた。が、そのサンダルは今朝までの、トーストより薄く磨《す》り減ったぼろサンダルではなかった。新品で踵《かかと》が高い。石油ストーブの芯が赤々と燃え、その前にエプロンが干してあった。隣の洋品店で買ったのがこの八月だ。それから四ヵ月間、一度も洗ったことのないエプロンが白く生れ変って微かに湯気を発している。床も面目を一新していた。泥ひとつない。新車のボディのようにぴかぴかだ。硝子《ガラス》窓はすっかり洗い清められている。今朝までは通りを走る自動車のはねとばして行く泥が点々とついていたのに、いまついているのは雨粒だけだ。その雨粒が真珠の首飾みたいに一列に繋《つなが》って硝子窓の表面《おもて》を滑り落ちていった。

「チーフ、これじゃまるでゴミ溜めじゃない。こんな汚い店へよくお客様がくるわね」

テーブルを拭いていた三十代の中頃の女が猫のように身を伸してこっちを向いた。整った顔立ちだが、鼻が立派すぎて他人に高慢そうな感じを与えそうである。

「や、有子じゃないか。岩田有子。そうだろう」

「よく憶えていてくれたわね。しばらくチーフ」

有子は右眼を大袈裟につむって頷《うなず》いた。

「だいたい店を開けっぱなしにしてどこへ行っていたの」

カウンターを磨いていた二十一か二の女がいった。ものをいうたびに首を左右に振る癖は以前のままだ。

「川上節子。節ちゃんだな」

「あたり。チーフ、お元気」

節子はダスターを胸に抱くようにして右頬に笑くぼをつくった。これも前のままだ。

「ごぶさたしています」

入口の板戸を拭いていたのは高橋富之だった。機械人形のようにめりはりのきいた動作をするからすぐわかる。

「一時間前にここへ着いたんです。ただ待っているのも手持無沙汰なので、ちょっと店を磨き立てていたところです」

「いったいどういう風の吹きまわしだい」

カウンターの内部《なか》に入ってガス台に水の入った小鍋をかけた。挽いたコーヒーを大匙《おおさじ》で四つ投げ込む。

「もとさそりチームの三人が雁首そろえて御入来とは、なにかあったな。有子の再婚話でも決まったのか。結婚披露宴に昔の仲間のひとりであるこのおれに出てくれとでもいうんだろう」

「結婚は二度としないって前からいっていたはずでしょ。あいかわらず横山町の下着問屋で真面目に働いていますよ。浮いた噂ひとつなし。身持ちの堅いことは折紙つき」

「それじゃ節ちゃんの縁談がまとまって、昔の上司に祝辞のひとつもいえというのかい」

「まだ、四、五年はひとりでいるつもりよ。わたしも伯父さんのやっている浦和の本屋でせっせと働いているわ」

「では高橋君の嫁さんが決まったのか」

「発想が貧困ですな。ぼくたちが大挙して押し寄せればきっと結婚話だと思っている」

「じゃあ、いったいなんだ」

「なんとなくですよ。それにしてもチーフ、この店では乱暴なコーヒーのいれ方をするんだな。鍋でコーヒーを煮立てるだなんて、明治時代の喫茶店じゃあるまいし」

「こうやっていれるのが一番うまいんだよ。いま御馳走する。味をみてから文句をいってくれ」

別のガス台の火を点《つ》けた。こっちにはコーヒーカップを漬けた大鍋がかけてある。

「なんとなく、といったな」

高橋にいった。

「この店を改装し、『さそり』という名ではじめて店開きしたのが二年前の夏だ。その改装開店の日に来てくれて以来、とんと御無沙汰、梨のつぶての君たちが、ただなんとなくやってくるかねえ。なにか魂胆があるな」

「それがないんです。ただ、節ちゃんがいいもの見つけたんですよ」

「これですよ、チーフ」

節子がハンドバッグといっしょに持っていた古ぼけた大学ノートをカウンターに置いた。表紙には節子の、几帳面な筆蹟で、

さそりセールス日録

と記してあった。これにも見憶えがある。節子はこれを肌身離さず持っていて、暇があれば開き、ピンク色の軸の万年筆でなにか書き込んでいたものだった。

「この間、家を出て伯父さんの書店の近くでアパート住いをはじめたの。そのとき、本棚を整理してたらこのノートが出てきたんです。涙の出るほどなつかしかった。それでこれを高橋君に見せてあげることにしたわけ」

「ぼくはさそりチームに入る前にやっていた百科事典のセールスの仕事に戻っていますのでね、一日中、飛びまわっている」

高橋が節子から話を引き継いだ。

「自由がききます。節ちゃんから電話をもらってすぐかけつけて、その日録を受けとりました。電車のなかでさっそく読みはじめた。往事渺々《びょうびょう》、涙滂沱《ぼうだ》でしたな」

「高橋さんが最後にわたしのところへ届けてくれた」

有子がつづけた。

「その晩、徹夜しちゃった。ひょっとしたら、この日録が書かれていた一年ちょっとの期間こそ、わたしにとってもっとも美しい時代ではなかったか、そう思った」

「そこでチーフにも見せてあげなくちゃ、ということになったの」

話の区切を節子がつけた。

「つまりそれだけのこと」

おれは温まったカップを四つカウンターの上に並べ、小鍋のなかのコーヒーを布袋で漉《こ》しながらカップに注いだ。

「まあ、味をみてやってくれ。そのあいだにおれはこの日録とやらを拝読するよ」

カップとノートを持って隅のテーブルに坐った。

「腹が空いているようなら、スパゲッティでもカレーでもなんでもつくってたべていいぜ。それから途中で客が入ってこないように『準備中』の札を表にぶらさげておいてくれないか」

コーヒーを啜《すす》り、煙草に火を点《つ》けながらノートの表紙をめくった。雨はいつの間にか本降りになっていて、廂《ひさし》を礫で打つような音を立てている。

会長夫人の花扇

1

表彰式の会場はいつものように都心のホテルの三階の大広間だった。わが社の会長《ビッグ・ボス》はアメリカ人で時間にはうるさい。そのへんはよく心得ているからずいぶん早く四谷のアパートを出たのだが、途中の赤坂見附で自動車事故にぶつかってしまい、会場に駆け込んだときはもう会長の挨拶《あいさつ》がはじまっていた。

おれの雇われている会社は、米国資本が七十五％で、正式の名称は『ワールド・キャッシュ・レジスター・カンパニー・リミテッド』、略称はＷＣＲ。会社名鑑を開くと、

資本金　六〇億円

役員　会長　Ｗ・Ｓ・ピーターソン

　　　社長　石田正信

事業　①金銭登録機、加算機・同付属品の製造販売。

　　　②会計機、電子計算機の販売。

③右記商品の修理・調整、受託計算業務。
負債の内容　米国WCRより一千九百六十五万円。（長期借入金）

外国との関係　米国WCRと技術提携。

労務状況　職員・現業員あわせて五千九百六十名。（平均年齢三十歳）

などと出ているが、電算機や事務用機械《ビジネス・マシン》の売り上げでは、日本屈指の会社である。おれはこの会社のセールスマンだ。

ピーターソン会長が喋《しゃべ》っているスタンドマイクの右横が表彰者席である。二月度表彰者は十一人。おれはその十一人のうちのひとり、小さくなって表彰者席に着くと、ピーターソン会長は英語の演説を中止してこっちをじろっと睨《にら》み、二言三言なにかいった。通訳役の秘書室長が、

「……若林君」

とおれの名を呼び、

「会長はいまこうおっしゃったのですよ。時間の観念に乏しいセールスマンは、乳房のない女性のようなもので、ナンセンスである、と」

さっそく英語を日本語にいいかえた。会長は大仰《おおぎょう》に肩をすくめ、演説のつづきをはじめる。おれは英語は苦手だから、会長がなにを言っているのか皆目わからない。そこでス

タンドマイクの向う側の席を眺めてぼんやりしていた。

アメリカ人の趣味なのか、WCRというところは、コンクールやコンテストのたぐいが大好きである。特にわれわれセールスマンには毎月がコンクール、会社側の設定した売り上げ目標額の二倍以上の成績をあげると、こうやって月毎に表彰される。そして年間の最優秀成績者、あるいはグループは会社から十日間のごほうび旅行に招待されることになっている。世界の五十いくつかの国々に米国WCRの資本が進出しており、それぞれ各国で地元資本との合弁会社ができているから、そのごほうび旅行にはそれらの国々からの五十いくつかの最優秀成績者、あるいはグループが招待されるわけだが、去年の旅行は台北だったそうで、十日間、飲めや歌えの浮れ騒ぎ、なんでも会社が女の世話までしてくれたらしい。おれはまだこの酒池肉林旅行に招かれる「栄」には浴していないが、これは仕方がない。なにしろ、去年のいま時分は、小さな広告代理店で、石油危機→新聞雑誌の減ページ→広告ページの減少→広告代理店の営業不振という荒波と悪戦苦闘を展開している最中だった。とどのつまりは広告代理店が倒産して放り出され、新聞広告を見て九ヵ月前に入社したわけだが、今年八月のごほうび旅行にはひょっとしたら、おれは会社から招待されるかもしれない。生き馬の目を抜く電波、活字広告界で十年近くも苦労したのが無駄ではなかったらしく、この六ヵ月間、おれのチームは連続して月間優秀者として表彰されている。チームの綽名《あだな》は『さそり』であるが、この半年でわれわれ『さそり』は二億五千万円の売り上げをあげた。今のところは断然トップだ。WCRの決算期は五月である。五月まであと三ヵ月、いまの勢いで押して行くことができれば酒池肉林旅行は問題なくおれたちのものだろう。

スタンドマイクの向う側の席には、社長以下副社長、常務、それから取締役などの重役連が坐っているが、十四名の取締役のうちの七名までがアメリカ人である。アメリカ人たちは、当然のことながら会長の演説に敏感に反応しているが、日本人重役たちはそれに一拍、間をおいてお追従笑いや点頭を繰り返している。猿真似はみっともない。どうせ通訳が日本語に直してくれるのだ。それを聞いてから笑ったり点頭したりすればいいじゃないか。

と、こんな憎まれ口を叩いたのは、外資系の会社でもっとも滑稽なのが日本人のおえら方の右往左往ぶりだと思うからだ。

ピーターソン会長はじめ米国人重役たちの顔は常にアメリカの本社を向いている。だからアメリカ本社の海外事業担当の重役がちょっと眉《まゆ》を寄せて憂い顔でもしたりしたら大へんだ。会長や米国人重役たちがその針小を棒大に受けとめて、連日、日本人重役たちにお説教を垂れる。しかも連中は、すべてのことを劇的《ドラマチック》に強烈に表現すること、即、有能、と心得ているから、その身振りや仕草の大袈裟なことときたら、まるで都心の十字路に立つ交通整理の警官のようである。日本人重役連はそのたびにおろおろし、セールスマンに当り散らす。そのうちに、本社の海外事業担当重役が憂い顔をしていたのは、細君と美人秘書との三角関係に悩んでいたためであった、などということが判明し、会長たちはけろりとお説教をやめ、日本人重役たちはばつが悪そうにおれたちに当るのをやめる、とこの繰り返しである。滑稽を通りこして情けない。

「では、二月度優秀成績者の表彰に移ります」

秘書室長がこっちを見た。

「売り上げ高五千四百三十八万円の若林文雄、中谷甲一、岩田有子、川上節子のチームを代表して、若林文雄」

会長の前に立った。会長は手にWCR勲章を四個持っている。直径五センチほどのメダルで、まんなかに梅の花が図案化して描いてある。国家がくれる勲章とちがって、このメダルには多少の実質的特典がある。こいつを胸に挿《さ》して社員食堂へ行くと、一カ月間、昼食が無料《ただ》になる。もうひとつ、WCRビルの十階にある役員のための倶楽部に、やはりひと月、自由に出入りできる。考えてみれば幼稚な発想であるが、アメリカ人はこれをユーモアだと思っているようだ。

会長はおれの襟《えり》にメダルを付け、それから手を握って肩を抱いてきた。なにかしきりにほめコトバらしいのを言っているが、おれには一向に理解できぬ。

「つづいて記念品贈呈」

秘書室長が黒塗の盆に銀行で顧客に配る大型のマッチほどの大きさの函《はこ》を四個のせて、おれの前に進み出た。函の中身は金メッキの、軸にWCRと彫ったパーカーの万年筆である。

記念品を頂戴して席に戻り、会場の入口へふと目をやると、同じチームの中谷甲一がこっちに向って手招きしているのが見えた。表彰式のあとは簡単なパーティがあるだけである。どうせ重役連に取っ捕まって「今月もしっかりやりたまえ。でないとメダルが泣くよ」と発破《はっぱ》をかけられるのがおちだ。おれは会場を脱け出し、中谷と一階のコーヒーハウスに入った。

「じつはね、いいお客様が見つかったんです」

中谷は小脇に抱えていた赤表紙のファイルをテーブルの上に開いた。

「江戸川を越したところに、江本京一というお百姓さんがいるんですがね、この方がどうやらいいお客さんになってくださりそうなんですよ」

いいお客様とはつまり鴨《かも》のことだ。

「一昨年の年収が五億六千万」

「土地成金か」

「ええ。去年も土地を三反、つまり九百坪ほど不動産屋に売っています」

「それで現在《いま》の手持ちの土地は」

「一町五反、四千五百坪」

「江戸川べりの地価は」

「坪二十五万はします」

「すると……」

「十一億二千五百万円」

中谷はあらかじめ計算してきたらしく間髪《かんはつ》を入れずに答えた。この中谷もおれ同様、WCRに入社してからまだ九カ月しか経っていない。WCRに来る前は小岩の不動産屋に勤めていたらしいが、仕事以外のことは一切喋らない男だから本当かどうかはわからない。

「その近くにスーパーストアはあるかい」

「あることはあります。でも、ぼくの見たところでは売場が二十坪程度の小さなものばかりでしたね」

「付近に住宅街は」

「ありますよ」

中谷はファイルに綴《つづ》り込んだ地図をひろげた。

「いまのところ、このあたりは畑地七に住宅地三の割合ですが、二、三年もしたら五分と五分になりますよ。あっちこっちに松林がありますし、ここが郷土博物館ですが、この周囲は市民の森になっています」

中谷の指が地図の上を忙しく動き回った。

「市民の森というのは、いってみれば森林公園ですね。したがってその周囲は住宅地として最適なわけで。周囲には造成のはじまっているところもありますし、やがては住宅街になりますね」

「住宅地として有望、しかも現在は小さなスーパーしかない、そして、お客様は十一億の土地持ちか」

すこし昂奮してきた。

「おれたちの口先三寸で、その江本京一というお客様に土地を手放させ、それで入ったお金でスーパーストアをやらせることができたら、これは愉快だろうなあ」

「それはもういうだけ野暮ですよ」

中谷は三食抜いたところへ部厚いビフテキかなんかを宛《あ》てがわれた浮浪者のように舌《した》

嘗《なめず》りした。

「たとえ命と引き換えてでも、このお百姓さんをスーパーストアの経営者に仕立ててあげてみたい。けれども、こいつは相当な大事業ですよ。なにしろ、彼はスーパーストアの経営者になろうなどとは爪の垢《あか》ほども考えていませんし、それよりなにより、土地を手放す気もないのですから」

だからおもしろいのだ。まったくその気のない相手を口説《くど》き、煽《おだ》て、罠《わな》にかけ、金銭登録機や加算機や会計機を買う気にさせ、おしまいには契約書に判を捺《お》させてしまう。この駆け引きがこたえられない。これから修道院に入ります、この躰《からだ》を神に捧げます、などと言うのが口癖の身持ちの堅い、あるいは堅すぎる娘を甘い口説《くぜつ》で芯まで軟かくしホテルに連れ込むまでの紆余《うよ》曲折のおもしろさと、それは似ているかもしれない。おれたちの売りつけた事務用機械が相手の役に立つかどうかはこの際どうでもよい。象を射つ狩猟者が、射った後の象の皮をどうするのか、肉をどう始末するのか考えたりしないのと同じように、おれたちの頭にあるのはただ大物を口説き落すことだけ、あとは野にでも山にでも勝手になってちょうだい、である。これまでのお客様のなかにも、

「ああ、うちの店に必要のないものを買い込んでしまった」

と、後悔の臍《ほぞ》を噛んでおいでの方がだいぶいるだろう。だいぶいるなんてのは生易しい

いい方で、おそらくほとんどの顧客がそうお考えかもしれない。だが、それでいいのだ。相手の身になって売る、という御為《おため》ごかしはこの世界では無用の長物、自分のためにおれたちは機械を売る。貼らなきゃ喰えないのが提灯屋なら、売らなきゃ干乾しになるのがおれたちセールスマンなのだ。

「江本京一氏を焚《た》きつけてスーパーストアの持主に仕立てあげようじゃないか。売り上げがまた四、五千万ふえるよ」

WCRを金銭登録機などの事務用機械を売る会社だ、と定義するのは正鵠《せいこく》を射ていない。妙な表現をすれば、事務用機械を売りつけるために、他人《ひと》にその器《うつわ》、店舗を建てさせる。そして、店舗を設計し、施工だけは建築業者に委《まか》せるものの、その後の商品の仕入れや、その陳列《ディスプレイ》、また、たとえば売り上げに対する販売管理費比率は二十%以下に抑えないといけませんなどという指導まで引き受ける。とどのつまりは、より経営を合理化するにはこのお店にもデータ・センターが必要ですなどと説いて、ぶっ高い機械を売りつけるにはである。これらすべてあわせると、四、五千万の商売にはなるわけだ。これはひょっとしたら詐欺に類する行為であるかもしれない。が、鉛筆を売る文房具屋が、電気鉛筆削り機や下敷や消しゴムや筆入れをもあわせて売りつけようとしたり、カメラを購入すると、やれスピードライトがあった方が、それフィルターも必要で、それから交換レンズもマイクロに広角に望遠の三本ぐらいはお持ちになりませんと、それから三脚にギャジットバッグもお揃えになった方がなにかと重宝で、そうそうこんどカメラマンジャンパーというのができまして、ポケットが大小合せて十二個もついておりますから役に立ちますよ、と付属品の方が本体のカメラよりも高くついたりするのと同じこと、結局は話に乗ってくるお客が愚かなのだ。

「やってみましょうか」

ファイルに目を落してしばらくなにか思案していた中谷が、やがてぱっと顔をあげた。

「他のチームを、ここで一気に引き離してしまいましょう」

2

あくる日の午前、おれたちのチームは中谷の運転する中型の国産車で市川橋から江戸川を越えた。まず市役所に行き、土地台帳を閲覧させてもらった。

江本の田地は東の郷土博物館と西の市民の森公園とのあいだにはさまれており、中谷が報告してくれたようにその広さは一町五反歩、田地の南と北には建売り団地や宅地造成地の波がぎりぎりのところまで押し寄せてきている。

税務署にも寄って『一千万円をこえる高額所得者全覧』を見せてもらったが、中谷の調べた通り、江本京一は土地成金の多いこの都市でも指折りの、もうすこしくわしくいえば上から七番目の高額所得者だった。

税務署から車を北に向け、郷土博物館と市民の森公園との間の市道を、中谷にゆっくりと走ってもらった。

「ずいぶん、くねくねと折れまがった道が多いのねえ」

車が右へ左へと方向を変えるたびに、おれの隣に掛けている岩田有子が躰を左のドアや右にいるおれの肩にぶっつけてくる。

「貧乏なんですよ。この町は」

中谷が運転席から解説をつけてくれる。

「大工場がひとつもない。昔から、おとなしい東京のベッドタウンだったんです」

「それと道が曲りくねっているのと、どういう関係があるの」

有子がまたおれの左肩にしがみついてきた。有子はおれと同じ年の三十三歳、もとはWCR自慢の美人インストラクトレスだったらしい。インストラクトレスとは事務用機械の女性指導員のことで、WCRの事務用機械の使い方を顧客のために実演してみせるのが主な仕事である。結婚のために退社し、しばらく家庭に引きこもっていたが、嫁ぎ先がいまどき珍しい大家族、姑との折り合いがうまく行かず離婚し、セールスウーマンとしてWC

Rに舞い戻ってきたのだそうだ。そういえばたしかに鼻ッ柱の強いところがある。

「つまり、道路を整備するだけの予算がないんです。ベッドタウンですから、年々人口が殖《ふ》える。それにあわせて小学校や中学校を建てなくちゃならない。ただでさえすくない予算がごっそり文教費にとられてしまう。そこで田ん圃《ぼ》の畔道《あぜみち》にちょこちょこっと手を加えただけで市道にしてしまわざるを得ない。まあそういうわけです」

車が大きく左に折れて商店街に入った。雑貨屋、菓子屋、ラーメン屋、寿司屋、そば屋、薬局、布団屋、肉屋、魚屋、八百屋などがせまい道路に沿って軒を並べている。いずれの店も間口は小さいのに、飾りだけはけばけばしい。新興の住宅地の近くによくある、書き割りのように薄っぺらな商店街だった。

「あれが江本京一の住いです」

商店街の中ほどで中谷は車を停め、左方へ顎をしゃくった。左手、市道から十米《メートル》ほど引っ込んだところに、このあたりには珍しい四階建の、サーモンピンクのビルがあった。

「俗っぽいセンスね」

助手台の川上節子がいった。

「畑の中にサーモンピンクのビル、まるで悪趣味じゃない」

節子はおれたちのチームの事務を受け持っている。WCRには去年の四月に入社しているから、おれや中谷よりも社歴は長い。

「江本京一さんて、相当な芋ね」

「ちがうよ。あのビルは江本マンション、江本京一氏の家作さ」

中谷が節子の早とちりをたしなめた。

「江本家はビルの横の、茅葺《かやぶ》きの屋根だ。ほら、庭に盆栽棚のある家だよ」

中谷の視線の先に茅葺きの農家があった。庭は二百坪ほどもあってかなり広い。が、母《おも》家《や》は小さく、しかもビルの日蔭になっていて暗くくすんでいる。おれはなんとはなしに、これは予想していたよりも強敵らしいぞ、と思った。自分の家への陽当りを無視して、庭の南側に家作をでんと建てる神経は普通《なみ》ではない。家作にも母家にもうまい具合に陽が当るようにと考えるのが常識なのに、それを勘定に入れていないところにおれは江本という男の偏屈さを感じた。

「よし、ここで昼飯にしよう」

おれは車を降りてマンションの方へ歩き出した。

「若林さん、そっちには喰物屋はありませんよ。行けども行けども畑ばかりです」

中谷が追ってきた。

「畑の先が郷土博物館です」

「江本家のまわりをひとまわりしてくる。そこの寿司屋で先に始めていてくれ」

「なるほど。わかりました」

中谷は商店街の方へ戻っていった。

おれたちは時には一芝居仕組んでお客様を罠に嵌《は》めるという手を使うことがある。そのときのために、鴨の前にチーム全員が顔を揃えるのは避けていた。すくなくとも四人のうちのひとりは、最後の最後まで鴨の前に姿をあらわさないように心掛けていた。中谷がおとなしく引っ返したのは、むろん、彼もそれをよく知っているからである。

江本マンションは各階に四世帯ずつ入るようになっている。洗濯物から判断すると、子持ちは一戸もない。ほとんどが新婚世帯のようだった。四階と三階は全部塞《ふさが》っているらしいが、二階と一階はまだ空いている。プロパンガスのボンベを見れば、それぐらいは一目でわかるのだ。

裏にまわって、江本家の庭を覗《のぞ》き込みながら、煙草に火を点《つ》けた。

庭のあちこちに盆栽棚が散在している。盆栽には素人だが、それでも元は広告屋、多少の雑学はある。五葉松に檜《ひのき》、それから杉に真柏にぼけぐらいの区別はつく。目の前の盆栽棚に高さ一米ほどの真柏が置いてあった。幹の樹皮が剝《む》けて白肌が露呈している。その白肌が象牙のように光っていた。そっと手を伸して白肌に手を触れようとしたら、

「マンションのだれかに用事でもあるのかね」

盆栽棚のうしろから濁《だ》み声があがった。

「さっきからマンションのまわりをうろうろしておるようだが」

声の主は四十四、五歳の陽灼《ひや》けした顔の男である。眉毛は濃いが目が細い。

「江本さんですね」

「そうだが」

「やっぱりね」

おれはにこにこして煙草を喫いつづけた。

やたらにお世辞がよく喋りまくるのがたいていのセールスマンのやり方である。が、事典や避妊具を売るならお世辞もいいが、数千万のものを押しつけるとなると、お世辞笑いや愛想笑いは通用しない。

「なにがやっぱりなのかね」

江本はジャンパーのポケットからハイライトを抜き出し口に咥《くわ》えた。

「どうぞ」

おれはウィンのサイレントライト・ライターを差し出した。これはこのあいだデパートで見つけてきた新製品で、カチャッと蓋《ふた》をあげてシュパと点火する式の従来のライターとはすこし構造がちがう。ライターの横に小豆を叩いて平べったくしたほどのポッチがついていて、それを指で下方に五粍《ミリ》ほど滑らせると、音もなく火が点《つ》く。音もなく火が点くから、つまり「サイレントライト」という愛称がついているのである。総体黒漆仕上げ、ところどころに金張りでアクセントがつけてある。気障《きざ》といえば気障、成金趣味といわれればその通りであるが、とにかく今回の仕事には気障という線を一本通した方がいいだろうという予感がし、ポケットに忍ばせてきたのだ。

「どうぞ、お使いください」

ライターを江本に手渡す。火を点けて差し出す方が親切だが、そうするとおれの態度が媚《こ》びたものになる。いまのところは媚びるのは避けたい。

「どうすれば火が点くのかね」

江本はポッチを押したり引いたりしていた。

「そのポッチを下に滑らせてみてください」

「下にというと、こうか」

江本はライターに火をつけ、橙色《だいだい》の焔《ほのお》をしばらく眺め、やがて、

「便利なものができているねえ」

と呟《つぶや》いて火を消し、ライターを返してよこした。

「おや、お使いになりませんか」

「ああ、煙草の火ぐらいは自分のライターでつけるさ」

江本は二百五十円のビックの使い捨てライターを出して、ガシャッと石を擦《す》った。盆栽が好きなだけあって、盆栽の木の幹のように気性もねじくれているようだ。もっともこういういい方は他の盆栽愛好家に失礼か。

「ところでマンションが空いているようですね」

「空いている、といういい方は当たらないね」

江本は煙をおれに吐きつけてきた。

「完成してからまだ二カ月も経っておらん。わずか二カ月で十六戸のうち、十三戸までが塞《ふさが》った。成績としてはいい方だと思うがね」

負けず嫌いでもあるようである。

「貸しマンションですか」

「まあな。中には買い取りたいという人もいるが、その場合は売る」

当り前のことを臆面もなくいうところは、性質に諄《くど》いところがあるのかもしれない。

「取扱っている不動産屋は」

「駅前の高島土地建物株式会社だ。このあたりでは一番の大手だが」

江本は細い目をさらに細くし、視線でおれの顔を撫《な》でまわした。

「うちのマンションを借りに来たのかね」

「まあ、そんなところです」

むろん口から出任せである。が、その出任せのうちから、あ、る、線をおれは摑《つか》みかけていた。

「失礼だが、なにをしておいでかね」

「スーパーストアの経営ですよ」

すらすらと口から出た。

「どこでやっていなさるのかな」

「船橋です」

「スーパーの前は」

「そんなことはいいじゃありませんか」

軽く焦《じ》らしをかけてみる。

「そういわれると余計ききたいね」

喰いついてきた。

「ヌード劇場をやっていましたよ。おはずかしいはなしで」

「船橋の奥の鎌ヶ谷の五反百姓の長男です」

「その前は」

「ほう」

江本は煙草をもう一本咥える。今度は火を点けたライターを差し出した。江本も素直にその火に煙草をかざす。

「住いは」

「ですから、鎌ヶ谷で」

「なのになぜ、部屋を借りようとなさる」

「じつはこれが絡《から》んでいるんですよ」

小指を江本の顔の前に突き出した。

「女か」

「はあ」

と答えておいて、おれは突き出した小指を頭の上に持って行き、髪を掻《か》きながら、

「聞き出し上手だなあ、江本さんは。親友にも喋ってないことを、初対面のあなたには吐いてしまった。まいったなあ」

「わしは口が堅い方だ。で、お名前は」

「若林です。では」

会釈をして盆栽棚から離れた。

「ちょっと待った」

江本が盆栽棚の前へ出てきた。

「若林さん、あんた、ほんとうにうちのマンションに入るつもりがあるんですか」

「ありますとも。サーモンピンクの壁が気に入りましたよ。これから、さっき教えてくださった高島土地建物へ寄ってみようと思います」

「ではなぜ、家賃や敷金のことをわしに聞かんのかね」

「ありがたいことに金には不自由していません。家賃が高いからよそう、なんて考える必要はいまのところないのです」

「女のためなら金に糸目はつけないってわけか」

「まあ、そんなところで」

「スーパーは不況には強いんだねえ」

「どこのスーパーも不況に強い、とはいえません。ただ、うちの店は強いですよ」

「なぜだろう」

「ちょっと専門的になりますがね。うちの店は値引きがうまいんです」

「値引きをすれば儲けが減るんじゃないのかね。これは素人考えだが」

「まさしく素人考えですね。たとえば衣料品の場合、こりゃもう日進月歩、次から次へと、より質のいいもの、より新しいデザインのもの、より新しい素材を用いたもの、ひっくるめていえば新製品が現われてきます。そのたびに手持ちの商品、つまり在庫品の値打ちがさがる、べつにいえばお客の受け具合が低くなってしまいます。したがって、在庫を常に新しい状態にしておこうと努力しない店は競争に負けてしまう」

「つまり、そういう店は、店先の品物がいつも古い、ということだね」

「その通りです。最後は在庫の山に音をあげて、原価を割るような値引きをしなくてはならなくなる。うちの店はこの値引きをいつやっつけるか、つまり値引きのタイミングの見つけ方が他の店よりもうまいんですよ」

江本は盆栽棚の横の陶製の腰掛に尻を落ちつけて目をつむり、おれのはなしに聞き入っていた。おれは「商売がうまく行っていてうれしくて仕方がない青年実業家」になり切って、すこしずつ、声に熱をこめて行った。

「値引きの時期としては、こっちが必死に売ろうとしているのにどうもお客の買い気が鈍ってきたときとか、手持ちの商品が新しい品や、より安い品に押され売れ行きが落ちてきたときとか、一応の目安みたいなものはありますがね、うちは別の方法をとっています」

「……というと」

「その商品の在庫期間、在庫量、競合しそうな新製品がいつ出るかという情報、それから近くのスーパーストアでのその商品の売れ行き、それを絶えずチェックしておき、これらの情報をある数式に嵌《は》め込む。そして出た答を見て値引きの時期を決めます」

「ふうん」

江本は大きくひと唸《うな》りして目を開きおれを見上げた。眼の色がさっきとすこし違ってきているようである。あんたもなかなかやりなさるのうという色が眼に新しく加わっている。

「もうひとつ値引きには難しい問題がある。よく売れて、しかもこっちに多少の利益が入ってくる値段、これをどうきめるかがじつに難しいんです。安くすればそれだけ売れることはわかっている。しかし、原価を割ったんじゃなんにもならない。逆に値引き率を低くしすぎると思うように売れませんしね」

「あんた、そういうとき、どうなさる」

「過去の記録が大いに参考になりますね」

「いちいちむかしのことを記録なさっとるのかね」

「まあ、そんなところです」

「あんたの親御さんが羨《うらやま》しいねえ」

江本が立ちあがった。

「わしにも息子がおるが、こいつがぼんくらでな。競馬と競輪と賭け麻雀にしか興味がない。ぷらぷらぷらぷら遊びまわっている。この近くの千葉商大を出てはおるのだが」

「わたしは大学へは行ってませんよ」

「だから羨しい。あんたには商才がある」

「ちっともありませんよ」

「しかし、そうやって在庫量や他の店の様子や新しい商品に目配りをし、むかしの記録を頭の中に叩き込んでおくなんてことはだれにでも出来ることじゃないでしょうが」

「えへへへ」

おれはここですこし下卑た笑いを発した。これも計算のうちである。

「じつはわたしがやってんじゃないんですよ」

「すると奥さんか」

「いやいや」

「じゃあ店員さんかね」

「じつは機械がやってくれております。WCRのデータ・センター・システムという三千五百万円の機械で」

「しかし、機械がまさか」

「ほんとうですよ。たとえばレジスターがデータ・センターに直結してましてね、なにがどれだけ売れたか、また、なにの在庫はどれぐらいあるか、こっちの聞きたいこと知りたいことに、数秒で答を出してくれます。おっと、またお喋りがすぎたな。それではまた」

初対面でこれだけ吹き込めれば充分だと思った。おれは急ぎ足で商店街の方へ歩き出した。

「うちのマンションの家賃は四万三千、敷金が五つ、礼金が五つだよ」

江本の濁み声がおれの背中を追ってきた。どうやら江本は最初の餌を呑み込んでくれたようである。

3

帰りの車のなかで、おれは中谷たちにさきほど思いついた罠《わな》の説明をした。

「明日、おれは節子くんと高島土地建物へ行く。そして江本のマンションを借りる」

「今度のわたしの役はなに」

節子が助手台からこっちを振り返って訊いてきた。

「おれにやさしくする役だよ。つまり、節ちゃんはおれの愛人だ」

「すてき」

節子は胸の前で手を合わせ、

「このあいだ女性週刊誌で読んだ『愛人としての愛の技術』って特集記事がそっくり実習できるわ。それでお手当はいくら」

「三日に一度ぐらいはラーメンを奢《おご》ってあげるさ。節ちゃんはこれからひと月ぐらい江本のマンションに住むことになる。たのむよ」

「わかりました」

節子は組んだ手をほどいて、前方に向き直った。

「わたしのお役目は」

隣の有子が窓の外を流れて行く松戸街道の松並木を眺めながら訊く。

「ふたつある。まず浮気者の夫に手を焼く働きもので、しっかりものの妻」

「それなら地でいけるわ」

前の座席の二人がくすっと笑った。

「もうひとつは、船橋あたりのスーパーストアの店員さん。社へ帰ったら、あのへんで、うちのデータ・センター・システムを入れている店を調べてみてほしい。たしか一軒ぐらいあったはずだ」

「そこへ就職するわけね。それでいつから」

「明日からだ」

「やってみます」

「ということは、若林さん、こんどの罠はどんどんよくなる法華の太鼓ってやつですか」

中谷が二股道を市川橋の方へ車首を向ける。

「別名、努力しないで出世する方法。そうでしょう」

「あたった」

「それはちょっとやばいんじゃないかなあ」

中谷が珍しく気の弱いことをいった。

「暴露《ばれ》たら元も子もないですよ。出直しがきかないもの」

「それはいえるわね」

有子がうなずいた。

「なにしろ半分詐欺みたいなものだものねえ」

「おれのやり方はみんなとっくに知っているはずだ」

ちょっとむっとなっていった。

「機械を売り込むためには殺人以外のことはなんでもやる。それがいやなら、ほかの組へ行くんだな」

だれからも返事はない。

「あの江本というおじさんはいまのところ貸しマンションの経営以外、なにもやる気がないんだ。そのおじさんをスーパーストア狂《ぐる》いにしてしまおうというのだから、これは、多少やり方が荒っぽくなっても仕方がないだろう。いったいほかにどんな手があるというんだ。虎は洞穴の中で寝そべっているだけで満足している。そいつを戸外《そと》へ引っぱり出そうというんだ。こっちから洞穴の中へ這入《はい》っていかなくてはな。危険は大きい。しかし、成功すれば歩合はふえるし、ごほうび旅行には間違いなく参加できる」

「でも、あれは子どもだましだ」

中谷がいった。正直に言ってWCRのセールス課の掲示板を見ると、おれは現在《いま》の中谷のような気持になることがある。セールスマンの売り上げ高は棒か線のグラフにして貼り出しておくのが普通だが、WCRの場合はちがう。たとえばこの一月には、掲示板に金曜日の「イレブンPM」のイレブン競馬の競馬場のようなものが貼り出してあった。そしてひとつの枡《ます》が二百万円、おれたちの組『さそり』が二千万円の売り上げを稼ぐと『さそり号』という名の入った切り抜きの馬がスタートから十個目の枡に進むのだ。ついでにいえば、それぞれのセールスチームに『さそり』とか『うぐいす』とか『ジャガー』とか『さくら』とかの綽名《あだな》がついているのも会社側の案だ。米国WCRではそうやっているから日本でも、というわけである。

二月の掲示板に貼り出されていたセールス実績表はもっとひどかった。セールスチームの数だけ切り抜きのレーシングカーが用意されていて、売り上げ高により、その切り抜き競走車が前へ進む。今月の掲示板にいたっては狂気の沙汰で、これがサファリゲームなのである。掲示板いっぱいにアフリカの草原の絵が描かれ、あっちに象やキリン、こっちにライオンや虎、そして手前に兎や猿の切り抜きが貼ってある。切り抜きの動物の横腹には「100万」だの「1000万」だのと数字が書き込まれ、売り上げ額によって、その金額に相当する動物の上にさそりのマークがつけられる仕掛け。四十面《づら》さげたセールスのおじさんたちが出社後しばらくは掲示板の前にたかり、

「おッ、さくら組が象を取ったぞ」

「へえ、うぐいす組がライオンを射落したか」

などと騒いでいるのを見るとまず情けなくなり、そのうちに自分のいるところが幼稚園の教室なのかオフィスなのか一瞬わからなくなる。もっとも、おれがそんな気になるのは、月初めの数日だけでそのうちなんとも思わなくなるのは、放送界という、いい意味でも悪い意味でも稚気溢《あふ》れる世界の空気を長いこと吸っていたためかもしれない。

「とにかく、そういう会社なのだから仕方がない」

おれは中谷にいった。

「辛抱できなければ、他社《よそ》へ移るだけのことだ」

「わかりましたよ」

中谷がうなずいた。

「虎穴に入ることにしましょう。虎を仕止めるために」

ちなみに掲示板の虎の横腹には「4000万」と書き込んである。

4

あくる日、会社の車輌部からパサートという外車を借り出すと、節子を乗せて江戸川を越えた。まず高島土地建物株式会社に寄って、ひと月分の家賃、敷金五つに礼金五つ、それに高島土地へ礼金として家賃ひと月分、すべてひっくるめて五十一万六千円を現金で払った。このうちの敷金を除いた三十万円はいわば捨て金であるが、四千万近い契約を取ろうというのだから、これぐらいの投資は仕方がない。それに会社は契約額の二パーセントまでを活動費として認めているから、まだおれたちの自由になる金は残っている。

高島土地建物からすぐ江本のマンションへパサートを乗りつけた。江本は前の日同様、

盆栽棚の前に坐り込んで、パチンパチンと剪定鋏《せんていばさみ》を鳴らしていたが、おれが車から降りるのを見つけ、

「うちのマンションがよほど気に入ったようですな」

とこっちへやってきた。

「いま、高島からも電話を貰いましたよ」

「お願いするのが、このう、なんですか、つまりいうところの隠し女なので、大っぴらに引っ越しそばをお配りする、というわけにもいきません」

用意してきたカステラをそっと差し出した。

「これでひとつ御勘弁を」

「引っ越しそばよりこちらの方がずっとありがたい」

江本は素直にカステラを受け取り、それから車の助手台の方にちらっと視線を走らせ、

「あれが、あんたのなにですか」

ちょきんと剪定鋏を鳴らした。

「はあ、じつはそのなにでして」

頭をひと掻きしてから、おれは助手台の横を拳《こぶし》でこんこんと叩いた。

「ヘレン、出ておいで、大家さんだよ。ご挨拶しなさい」

節子は顔が半分隠れそうな大きなサングラスを指で抑えてうなずき、ゆっくり貂《てん》の毛皮を肩に羽織る。

「ヘレンとおっしゃいましたな」

江本が小声で訊いてきた。

「外人さんですか」

前日、会社へ戻るとすぐ、節子を近くの美容院に連れて行き、彼女の髪を金色に染めさせた。金髪で、ヘレン、とくれば江本でなくても、もしやと思うだろう。

「なあに、偽《にせ》外人ですよ」

「ほう」

「ストリッパーです」

「なるほど。それでどちらに御出演で」

「船橋」

「なら近い。そのうちかぶりつきからじっくり拝ませてもらいましょ」

「もっとも、二月いっぱいで辞めさせました」

「すると目下はあんたの専属か。それはずるいな」

節子が車から降りた。春の陽が彼女の足許に落ちてぴかりと光る。節子は金色のラメの靴をはいているのである。

「よ……ろ……し……く……」

この四つの音をいい終るまでに、節子は腰を二回ひねり、胸を三回揺《ゆす》った。この「二回ひねりの三回揺り」は、故マリリン・モンローの特技で、（ストリッパーになるのはいいけど、どういう仕草をしていいのかわからない）とべそをかく節子に、モンローファンのおれが三、四時間かけて伝授したものだが、かなりそつなくこなしていると思う。高校時代は演劇部のキャプテンをしていたそうだが、たしかにそれだけのことはある。

「こちらこそ」

江本はうなずいて、

「うちでお茶でもどうですかな」

と母家を指す。

「せっかくですが、こいつ、いろいろと買物があるらしいんですよ」

おれは畳んだ新聞紙でぱんぱんに脹《ふく》らんだ財布を出し節子に渡した。

「さあ、行っといで」

「お布団買ったらすぐ帰るわ。お部屋で待っててね」

こんどは「五回ひねりの八回揺り」で甘ったるい声をあげ、シュシュシュシュシュシュガータウンと、シナトラの娘ナンシーの「シュガータウンは恋の町」を口遊《くちずさ》み、それに合せて金のラメ靴で右へ左へとステップを踏みながら、節子は商店街を右へ曲って行った。熱心さは大いに買うが、ステップを踏むなぞはすこしやり過ぎではないだろうか。

「布団を買ったらすぐ帰る、とはどうも穏やかじゃないですな」

江本はさすがに羨しそうな声である。

「根が卑しいせいか、布団の上でなにをするんだろうと考えがすぐそこへいってしまう。しかし、金のかかりそうなタイプの女性ですな」

「なにしろ着道楽なんですよ」

「後学のためにうかがいますが、あの毛皮はいくらしました」

「貂は貂でも中古ですからこれですみましたよ」

右手の指を三本立ててみせた。

「三十万もしたのですか」

「三百万ですよ。新品なら六百万します」

「これは驚いた」

江本は何度も首を振った。

「で、あの金ピカの靴は」

「十万です」

大きな溜息をついて江本は陶製の腰掛に尻を載せた。

「外車、金ピカの靴、そして毛皮の外套……。スーパーストアというのはそんなに儲かるものですか」

かすかに心が痛んだ。一瞬、（貂の毛皮も金ラメの靴も、今朝、リース業者を拝み倒して借り出してきた代物《しろもの》、一日の借り賃が両方で一万五千円ですよ）と白状してしまおうかと思った。が、それでは掲示板のサファリゲームにおくれをとる。おれは心の痛みに気づかぬふりで通すことにし、いかにも謙虚そうな声音で、

「なにもかも、昨日おはなししたWCRのD・C・S、データ・センター・システムのおかげです」

といった。

「三波春夫は『お客様は神様です』といい、選挙の季節がやってくるたびに候補者たちは『有権者は神様です』と宣伝カーでがなりたてて歩く。同じようにわたしは『WCRのデータ・センター・システムは神様です』と千葉県下を叫んで歩きたいほどなんですよ。ただ、そんなことを叫んで歩きますと、他のスーパーストアが、なんだ船橋の共栄ストアが流行《はや》っているのはD・C・Sのせいだったのか、と軒並みこっちの真似をしてくるにちが

いありませんから、まあ、黙っておりますがね」

船橋の共栄ストアには、その日から同じチームの岩田有子が勤めているはずだった。むろん、この店にはWCRのD・C・Sが入っている。ただし、共栄ストアの本物の社長が、偽社長のおれと同じようにD・C・Sを神様扱いにしているかどうかは疑問だ。おれは、D・C・Sを入れたものの、それでも営業不振でローラースケート場やサウナに転業せざるを得なかった経営者をずいぶん知っている。

「とにかくあのデータ・センター・システムは万能です。ご存知でしょうが、スーパーストアでは店員が商品を売るわけではないのです。店員の数は非常にすくない、したがって商品がお客に直接《じか》に自分を売り込む」

前の日と同じように、江本はじっと目を閉じておれの話を聞いていた。全身を耳にしている。魚釣りでいえばさかんに魚信《あたり》がきているという状態だろうか。

「そこで店内にどのように商品を陳列するかが大事な勝負どころです。内気な商品にはいい場所を与えてお客に向って自分を充分に主張できるようにする。また気の強い商品にはちょっと脇に引っ込んでいてもらう。あるいは互いに相性のいい商品のグループは並べて置く。隣り合せに並べておくとたがいに反撥し、それぞれの持味を消し合ってしまう商品は遠くへ離して配置する。ベテランの小学校教師がさまざまな個性を持った子どもたちをうまくまとめて行くように、スーパーストアの経営者も二千種以上の商品を上手に扱わなくちゃいけないんです。ところがD・C・Sは経営者にかわってそれを完璧にやりこなしてくれます」

「商品の陳列も機械がやってくれるというのかね」

「ええ。日頃からきちんきちんとデータを機械に打ち込んでおけば、いざというときにこっちの望みをなんでも叶えてくれるんですね。極論を吐きますとD・C・S、データ・センター・システムが商品を売ってくれるんですよ」

「そのへんがわしにはどうもよくわからん」

江本は小首を傾《かし》げて、ポケットからハイライトを引っぱり出した。

「どんな時代になろうが、商いは人の心と人の心との触れ合いじゃないのかねえ。商品はやはり人が人に売るものなんじゃないのかしらん。どうしてもそういう気がして仕方がないのだが」

おれは例のサイレントライト・ライターに火を点け、江本の煙草に持っていってやった。

「それが古いんです。うちの店の商品は九十九パーセントまでが機械で作られているんです。機械で作られたものを人手ではなく機械で売る。筋が通っているじゃないですか。そうすることによって人件費が節約されてその分安くなる。お客もその方をよろこびます。

すくなくともスーパーストアではこれが常識、逆にいえば機械にすべてを委せるところにスーパーストアの強味がある」

「たいした自信だ」

「事実が、うちの店が、それを証明しているんですから仕方がありません」

「うーむ。あんたの店をいつか見学したいものだねえ」

江本は自分の吐き出した煙がマンションの壁に沿って空へ昇って行くのをじっと眺めていた。おれはそのとき今度の仕事の成功をほとんど確信した。釣針は見事に大魚の咽喉《のど》を刺し貫いたのだ。

「もう毛皮の季節は終ったみたい」

節子が戻ってきた。

「もう汗だくよ。この貂、白洋舎に預けといて。家に置いとくと痛んじゃうから」

「よしきた」

うなずきながら節子の頓才に感謝した。手許に置いておくと、一日一万五千円ずつ吹っ飛ぶ。「預けといて」というのはそれを勘定に入れた台詞《せりふ》なのだ。

「間もなくお布団届くわよ。それからテレビに冷蔵庫に洋服ダンスにお机。そうそ、それに夫婦茶碗も」

「お邪魔するのはもうよしましょう」

江本が立ちあがった。

「いま、鍵を持ってきてあげますよ」

「ありがとう」

鼻声で言いながら、節子はまた「四回ひねりの六回揺り」を試みる。ひねりも揺りももう堂に入っていて、モンローを模してはやくもモンローを超えているのではないかとおれは思った。

5

あくる日から、おれは午後になると江本マンションへ車で乗りつけ、「今日のお土産は真珠のイヤリングだよ」と大声をあげて階段を登り、「あいたかった」と部屋に入り、二時間か三時間ぐらい節子と駄弁《だべ》りオセロゲームを戦わせして時間を潰し、風呂に入ってから、かなりげんなりした様子で「また明日」と言って車で帰るのを日課にした。ただし、宝石の種類は日によって変えた。つまりおれは「囲った女のところへ毎日、宝石を土産に精気に溢れてやってきて、数時間後にその精気を吸い取られてのたのたと帰る青年実業家」の役どころを忠実に演じたわけだ。十日目からはパサートをムスタングに換え、二十日目からはムスタングをさらにメルセデス・ベンツに換えた。パサートもムスタングもベンツもじつは会社の車だが、江本にはおそらく「スーパーストアが当りに当って大金を儲け、その金の使い途に困って車と女に注ぎ込んでいる青年実業家」に見えただろう。事実、江本はおれの顔を見るたびに「まったくたいしたものですなあ」と口癖のようにいった。二十一日目、江本に「店員のための寮という名目で、いま貸していただいている部屋を譲っていただきたいと思っている」と申し入れた。そのとき江本は「いつでも譲ってさしあげますがね、しかしそれにしても凄《すご》い。わしもスーパーストアを経営したくなってきましたよ」と答えた。

このように、車や宝石をより上等のものに次々に換えて行き、鴨の関心を惹く手法を、おれたちの仲間うちでは「どんどんよくなる法華の太鼓」と呼んでいる。別名を「努力しないで出世する方法」ともいう。どうしてこの手法をそう呼ぶのか、もはや説明はいらぬだろう。

江本マンションにいないときは、いつも船橋駅の近くの共栄ストア向いの喫茶店でごろごろしていた。というのは、マンションの節子は江本の監視役を兼ねていて、彼が外出するたびに、喫茶店へ連絡を呉れる仕掛けになっているのである。この仕事をまとめるためには、江本を共栄ストアの本物の社長に会わせてはならない。江本が見学に来たら、現在は共栄ストア店員である有子と協力して、なんとかおれが社長になり澄まさなければならない。節子はそのための監視役なのである。

二十二日目、マンションから喫茶店に戻ってきたとたん、節子から電話が入った。たったいま江本が家を出たというのだ。むろん彼が共栄ストア見学のために外出したのか、ほかの用事で外へ出たのかはわからない。しかしこの仕事は用心第一だ。節子から電話が入るたびにそうしてきたように、おれはそのときも共栄ストアの前で駅の方へ油断のない目を注ぎながら立っていた。

電話があってから小一時間ほどたったが、江本はやってこない。今日もどうやら来そうもないなと思い喫茶店へ引き揚げようとしたとき、だれかがおれの肩を叩いた。

「社長自ら陣頭指揮ですか。ご苦労さまなことで」

見ると、江本がにこにこしながら立っている。

「これはこれは」

おれは江本の肩を抱いた。

「よくおいでになりましたねえ」

これが合図だ。おれが店の前に立っていたら注意して見よ、そして、おれが肩を抱くやつがいたら、そいつが江本なのだ、というとりきめが店内の有子との間にしてあるのだ。

「あなた、そちらどなたですの」

白い上っ張りを着け、頭髪を白布で包んだ有子が店から出てきた。

「わたしの知り合いで江本さんとおっしゃる。うちの見学にみえられたのだ。江本さん、これ、家内です」

有子を江本に引き合わせた。

「奥さんも旦那さんともども陣頭指揮ですか。なかなかできないことですなあ」

江本はひどく感心して有子を眺めている。

「有子、江本さんを社長室へ案内しなさい。お茶を差しあげるのだ」

この台詞も暗号である。社長が店内にいる場合には、有子は「社長室でパンチカードの整理をしているので散らかっています。あなた、だれかに片付けさせて。その間にわたし倉庫でもお見せしていますから」と答え、江本を倉庫へ案内する手筈になっていた。

「それがねえ、あなた」

有子がすまなそうな声でいった。

「社長室でパンチカードの整理をしてましたの」

やはり本物の社長は店の内部《なか》にいるらしい。

「だれかに片付けさせて。その間に、わたし江本さんを倉庫へでもお連れしていますから」

「社長室でパンチカードの整理などされちゃ困る」

おれは渋い顔をしてみせた。

「別のところでやりなさい、別のところで」

「もうすこしの辛抱よ、あなた。今年中に増築しますから」

有子が適当に話を合わせてきた。

「ほほう、増築ですか」

江本は偽社長夫人の言葉を真《ま》に受けたようで、

「ほんとうにたいしたものだ」

しきりに首を振っている。

「ええ、もう、午後二時から四時まで、いつも夏の江の島海岸みたいですよ、芋の子を洗うみたいに混んじゃって」

「午後二時から四時まで、ですか。また、妙なときに混むものですな」

「おやまあ、江本さんたら、なにもご存知ないのねえ」

江本の背中を押して、有子は内部《なか》へ入った。

「奥さん方がどっと買物に見えるんですのよ。スーパーストアのラッシュは、だからそのころなんです」

　有子に案内されて江本が店の奥へ消えるのを待って、店先の赤電話から共栄ストアのダイアルを回した。交換手が出た。「社長室に繋《つな》いでくれませんか」と告げてしばらく待つ。やがて、

「もしもし、古河ですが」

　という太い声が聞こえてきた。

「船橋税務署の高橋というものですがね」

　できるだけ事務的に切口上でまくしたてた。

「お宅のお出しになった申告書類にちょっと疑点があります。すみませんが、署まで御足労いただけませんか」

「そ、そんなはずはない」

　太い声が吃《ども》った。

「そ、それにすべて税理士まかせにしておる」

「とにかく第一会議室でお待ちしております。表が閉っていたら通用門からどうぞ」

「しかし……」

「では、のちほど」

受話器を置いて五分待った。五分たってから店内に入り二階へのぼった。廊下をはさんで左右に事務室、廊下の奥のドアに「社長室」と書いたプレートがぶらさがっていた。ドアを押して内部《なか》に潜り込み、デスクに坐った。船橋税務署へ向った本物の社長が欺されたと気がついて戻ってくるまでに、どんなに早くても十五分はかかるはずである。その十五分間、おれが社長になり澄ますのだ。煙草に火を点け机の上に靴のまま足をのせた。

「ただいまお茶を持ってまいりますわ」

ドアの外で有子の声がした。

「どうぞ、お入りになって」

ドアが開いて、江本が顔を出した。

「データ・センター・システムというのを拝見しましたよ」

江本はソファに腰をおろす。

「それでいかがでした」

「データ・センター・システムそのものよりも、奥さんの説明に感服いたしましたなあ」

有子はもとはWCRきってのインストラクトレス、つまり女性指導員、事務用機械の説明なら昔とった杵柄《きねづか》でお手のものだ。感心しない方がおかしい。

「それにたいした美人じゃないですか」

江本はおれに向って打《ぶ》つ真似をして、

「なのに女を囲うとは、あんたもずいぶんと罪な人だ」

「たしかにあいつは美人かもしれない。仕事もできる、働き者でもある……」

「つまり完璧じゃないですか」

「完璧すぎるのがいけないんです。家や店にいると息がつまる。そこでどっかぶっ裂《ちゃ》けた女と外で遊びたくなる。わかりますか」

「わからんですなあ、そういう贅沢《ぜいたく》な悩みは」

おれは肩をすくめてみせて、

「まあ、ここじゃ有子が社長みたいなものです。そこでじつは新天地を新しく開拓するつもりでいるんですがね」

「とおっしゃると」

「江戸川べりの国府台《こうのだい》にここと同じスーパーストアを作るつもりなんですよ」

「それは困る」

江本の顔色がさっと変った。

「国府台とわしの家とは一里もはなれとらん。じつはわしもスーパーストアを」

「まさか」

おれもおつき合い上、顔色を変えてやった。

「江本さん、すこしやり方が汚いんじゃないですか。さんざん、こっちからスーパーストア経営の骨法《こつ》を盗んどいて、わたしもじつはやりますでは踏んだり蹴ったりだ。とんびに油揚げですよ」

やったと叫びたい気分だった。がしかし、おれは顔をしかめて仕上げにかかった。

「まったく油断も隙もない世の中だ」

「じつはな、若林さん、お願いがあるんだが聞いてもらえるだろうか」

「冗談じゃない。もう帰ってください」

「いや、このままじゃあ帰れないねえ」

江本はにたっと笑った。

「この夏までにスーパーストアをやるつもりだ。いま、奥さんのデータ・センター・システムについての説明を聞いて、そう決心したのですよ。ついてはあんたの計画を一年のばしてくださらんか」

「なんの権利があって、あなたはわたしにそんなことがいえるんですか」

「もうひとつ、この店にデータ・センター・システムを納入したWCRのセールスマンをわたしに紹介してほしい」

おれは怒りのあまり躰をわなわなのぶるぶると震わせていた、という風に江本には見えるように振舞っていた。

「どうだね、わしの頼みを聞いてもらえるだろうか。いやだというのなら奥さんをわしのマンションにお連れしてもいいが。奥さんにあんたのヘレンさんを引き合わせたら、こりゃあ、ちょっとしたみものになると思うがねえ」

江本はおれを脅しているつもりなのである。そこでおれも、つくづく参ったというつもりの顔を作りながらポケットから中谷の名刺を出し、江本に投げつけた。

「そいつは仕事熱心ないい男だ。あんたにゃもったいないが、えい、もう勝手にしろ」

「すまんな」

江本は名刺を拾って丁寧にジャンパーの下の、シャツのポケットに納めた。

「では、奥さんをお大事に」

「余計なお世話だ。ヘレンには今夜のうちにマンションを引き払わせる」

「ついでに手を切ることですな。日本人のくせに髪の毛や手や足の爪もきんきらきん、あの女、ちょっとどうかしとる」

「帰れ。二度とわたしの前に姿を現わすな」

「敷金はあの女に返しておくよ」

江本はドアを開けて出て行った。おれはソファに坐って躰を二つに折り、歯を喰い縛って咽喉を駆けあがってくる笑いを必死で抑えていた。

あくる日から、おれと節子と有子の三人は会社に引き揚げ、入れかわって江本に呼び出された中谷が彼の家へ日参をはじめた。

十日ほどたったある夕方、帰り仕度をしているところへ中谷から電話が入った。

「ついさっき、契約書に江本さんの印鑑を捺《お》してもらいました」

予想はしていたが、やはりこの瞬間がおれたちにとって一番うれしい。とっさには声が出ない。

「これでぼくたちの仕事はおしまいです。あとは設計課の連中にバトンタッチするだけです」

「ど、どこにいるんだ」

「市川駅です」

「よし、銀座で落ち合おう。どこかでお祝いのシャンパンを抜くんだ」

傍にいた節子と有子が抱き合ってぴょんぴょん跳んでいる。

「三十分後に、帝国ホテルのコーヒーハウスで逢おう」

「それがじつは行けないんです」

中谷が陰気な声を出した。

「とても申し訳なくて」

「ど、どういうことだ、それは」

「なんといっていいのか」

「江本をまんまと話に乗せたことが気になるのか」

「………」

「スーパーストアが当る可能性だってないわけじゃないのだ。あとは成行き次第、天に委せろ。それしかないじゃないか。さあ、元気を出せ」

「じつは」

「なにをぐずぐずいっているんだ。いい加減にしろ」

「ぼくはこの四月から芝々電機の事務用機械セールス部へ入ることになっていまして、その……」

芝々電機はWCRのライバル社である。売り上げはWCRにまだ及ばないが、ここ数年ぐいぐいとその差をちぢめてきていた。その芝々へ中谷が移るということは。

「入社するについてお土産を持って行こうと思い、江本さんには芝々のデータ・センター・システムを売ってしまったんです」

いつか車の中で、中谷が、アメリカ人のやり方は幼稚でいやだ、とこぼしていたことをおれは思い出した。あのとき、気づくべきだった。

「許してください。他のさそりチームのみなさんによろしく」

電話が切れた。受話器を持ったまま、ぼんやりとただ突っ立っているおれを、節子と有子が怪訝《けげん》そうに見つめている。

大黒舘の情死体

1

　五月から、さそりチームに新人がひとり加入した。三千五百万円の契約を持ち逃げして競争会社の芝々電機事務機械セールス部へ移籍した中谷甲一の後釜《あとがま》の、高橋富之という二十七歳の青年が、その新人である。

　それにしてもあの持ち逃げにはまいった。おれも岩田有子も川上節子も、ということはさそりチーム全員、しばらくはなにをする気も起きなかった。三千五百万円の契約を奪《と》られたことも痛手といえばいえるが、それよりも仲間に裏切られたのがこたえた。契約は努力すればいくらでも取ることができる。しかし仲間はそう簡単に代替はきかない。さそりチーム得意のトリックプレーも中谷という名傍役《わきやく》が欠けたおかげでできにくくなり、それから十日ばかりおれたちは赤坂溜池のWCR本社のオフィスでぼんやりと茶を喫したり、社の近くの喫茶店で時間を潰《つぶ》したりして無為に過していた。

　販売促進部長やこの部門担当の重役などが、おれたちの様子を見兼ねて、中谷の後任を

五、六人売り込んできた。もちろん、重役や部長はおれたちを心配してくれたわけではない。おれたちが働かないとそれだけビジネスマシンの売上げが減る。そこでおえらがたたちは売上げの減ることだけを心配しているのである。
おえらがたの持ち込んでくる中谷の後任はいつもおれたちの気に入らなかった。優秀なセールスマンを他のチームのリーダーが簡単に手放すわけはないので、持ち込まれてくるのはセールスの才能のないやつばかりなのである。

もっともいつまでも呆然自失の無為徒食をきめ込んでいるわけにも行かなかった。おれたちは月平均四、五十万の俸給を貰っているが、これはほとんどビジネスマシン売上げの歩合によるもので、固定給ときたらおれで六万、いちばん若い川上節子で二万五千という雀の涙金、ぼんやりしていてはそれこそ顎《あご》が乾上《ひあが》ってしまう。

「当分、この三人でセールスをやっていくことにしよう」

五月はじめのある朝、おれは社の近くの喫茶店に岩田有子や川上節子を集めていった。

「新人を入れてもどうせ足手まといになるばかりだし、このスタッフでしばらくやってみようと思うんだ」

「そのことについては若林さんに委《まか》せるわ」

岩田有子はテーブルにマニキュアの道具をひろげている。

「それで、こんどはどんな仕事をするつもりなの」

「五月と六月はフロントマシンを売ろう」

フロントマシンというのはホテルや旅館のフロントに備えつける会計機械のことである。

「夏の書き入れどきを目前にした房総半島のホテルや旅館を攻めてみるつもりだ」

「するとしばらく海を見て暮せるわけね」

川上節子が手を叩いた。

「浮かれちゃいけないぜ。おれたちはマシンの売り込みに行くのであって、房総の海辺のホテルや旅館へ保養に出かけるんじゃないんだから」

「わかっているわよ」

節子はうなずいたが、まだうれしそうに両手で大きく隆起した胸を抱いていた。

そのとき、喫茶店へひとりの青年が入ってきた。紺《こん》の背広に薄青色のワイシャツ、青地に赤いばらの花を刷り込んだ幅広のネクタイをしめている。靴は舶来ものらしい黒のメッシュ、ボンドケースに新聞。

（なにかのセールスマンらしい）

一目見るなりぴんときたが、これが高橋富之だった。

青年は隣のテーブルに腰を下すと、ウエートレスにミルクセーキを註文し、丹念に新聞を読みはじめた。おれはなんとなくこの青年のことが気になって煙草をゆっくりと煙にしながらそれとなく彼を見ていた。それにしてもなぜこの青年がセールスマンではないのかとぴんときたのか。ひとことでいってしまえば肌合《はだ》いでわかったのだ。セールスマンは希望を売りつけるのが仕事である。おれたちのようなビジネスマシンのセールスマンであれば買い手に、

「マシンを買えばどうやらうちの商売がうまく行きそうだ」

という希望を売りつけるわけだ。

「マシンがあれば未来は上向き」

というピンク色の幻想を売るのである。スターが庶民に夢を売るのと、その意味では似ていないこともない。したがってすぐれたセールスマンは身辺にスターのようなある華やかさを漂わせている。その華やかさが彼の売り込む商品の保証になっているのである。べつにいえば才能のあるセールスマンは「移動する祭礼」である。収穫の豊かであることを祈願して行なわれる祭礼の祭司なのだ。「わたしの司る祭に参加なさい。未来の収穫は確約いたしますよ」、セールスマンはこう説き、顧客を祭に巻き込もうとする。流行の仕立ての背広、メッシュの靴、革のボンドケース、十数万円のダンヒルの小型の銀ライター、みんな祭服であり、祭具である。関係のない人間にとってこれらの祭服や祭具は気障《きざ》やは

ったりにしかすぎないが、「商売がもっとうまく行かないだろうか」とか「もっと向上したい」とか、未来になにかを切実に求めている人間にとっては、それらは「よりよき未来を保証する聖なるもの」に見えてしまうのである。

セールスマンがインチキまがいの代物を売りつけても、それがほとんど訴訟沙汰にならないのは、彼が売りつけたものがじつは現実の品物ではなく「未来」だからだろう、とおれは考えている。そしてセールスマンの売りつけた「すばらしい未来」が「惨めな現実」にすぎないとわかったとき、買い手は飽きずに「惨めな現実」をもう一度「すばらしい未来」にかえてくれるなにかを探し求める。だから未来志向型の人間の多い日本はセールスマンの天国といっていい。セールスマンに限らず、宗教家も教育家も株屋も経済評論家も、「いまによくなる」と太鼓を叩き、いつもよりよき未来を売っていれば決して責められることがないお国柄である。思想家や作家には「このままではだめになる」と凶々《まがまが》しい未来を売る人たちがあるが、これは手法《て》が逆なだけで、基づくところはセールスマンと同じだろうとおれは睨《にら》んでいるのだが、それはとにかく、青年にはこの未来の収穫が豊かであることを祈願する祭礼の祭司にふさわしい陽気な無責任さと魅惑的ないかがわしさがあった。

有子と節子は社へ引き揚げたが、おれはレジから青年が読んでいるのと同じ新聞を借りてきて、彼の様子を窺《うかが》いながら、彼が見ているのと同じ欄を目で追っていた。

とそのうち、青年は、

「……ん」

と小声を発し、胸から金張りのクロスのボールペンを引き抜き、ある記事に傍線を引いた。おれは自分の持った新聞にその記事を探した。それは社会欄の下方の十行たらずの火災記事だった。

○日夕、江戸川区小岩駅前の〝雑居ビル〟の中華料理店「広州飯店」の一階調理室の天井付近から出火、木造モルタル三階建ての同建物延べ千七百平方メートルのうち、二、三階約七百二十平方メートルを焼き、約一時間半後に消えた。出火当時、広州飯店では約十人の客が一階客間などで食事をしていたが、すぐに避難して無事だった。小岩署の調べでは、同店一階の調理室の重油コンロに密接したタイル張りの壁が過熱して燃え出したらしい。

やがて青年はボンドケースを開き、黒表紙の分厚いノートを取り出して、レジへ立った。そしてノートのとある頁《ページ》を開き、電話のダイアルをまわしはじめた。（場末の街の雑居ビルの火事と彼との間にいったいどんな関係があるのか）と全身を耳にした。彼は受話器に向ってこんなことをいっていた。

「もしもしフジキストアさんですか。高橋です。ほらグローバル百科の高橋ですよ。文句はあとでうかがいます。ぼくのいうことをちょっと聞いてください。あんな百科事典、ちっとも役に立たない、全部英語だから誰も読めやしないですって。そんなことは百も承知だったんじゃないんですか。ぼくも『これは英語の百科事典ですよ』とはっきり申し上げておいたはずですがねえ。まあまあ、これからそちらへ参上いたしますからご不満があればそのときに。それでね、おばさん、お店の近くで昨日の夕方、火事があったでしょう、三階建ての雑居ビルが焼けたはずですが。むろん代金は払いますが、火事場へカップヌードルを百個ほど届けておいてくださいませんか。ええ、百個です。そのとき、これはグローバル百科の高橋という者からの差し入れだ、と触《ふ》れておいてください。べつに知っている人が焼け出されたわけじゃありませんよ。ただ、カップヌードルが百個売れればおばさんがよろこぶだろうと思いましてね。百科事典を押しつけた罪ほろぼしですよ。では昼までには伺いますから、万端よろしく」

　これはできる男だな、と青年の電話を聞いて思った。火事場へカップヌードルをお見舞いに差し入れ関係《こね》をつけておき、将来、百科事典を売り込むときの足がかりにしようと、この青年は考えているのだろう。

「その手で百科事典を何組売ったんです」

隣へ戻ってきた青年に声をかけた。

「ぼくはWCRのセールスをやっている若林文雄というものですが、きみの深慮遠謀には舌を巻きました。それで不躾《ぶしつ》けですが、声をかけたわけで」

コップと伝票を持って青年のテーブルに移った。

「ちょっと話をさせてもらっていいですか」

「どうぞ」

青年はかすかに笑った。皓《しろ》い歯がこぼれて青年の顔はとても人なつっこそうな感じになった。この感じはセールスマンにとっては大変な武器である。

「一ヵ月で何組ぐらい売れます」

「平均して二十組といったところです。H社の世界大百科におされてなかなかうまくいきません。なにしろ、英語の読めない人に英語の百科事典を売りつけるんですから、これは半分詐欺のようなもので」

「セールスなんてすべて半分は詐欺ですよ」

青年が煙草を咥《くわ》えたので、おれはライターを差し出し、

「わたしたちも来週から房総半島のホテルや旅館にフロントマシンをセールスに行くとこ

ろですが、フロントマシンを必要としているところなど正直にいって一軒もないでしょう。しかし、わたしの見込みでは、フロントマシン、五台は売れるはずです。つまりわたしたたちに欺されるホテル、あるいは旅館が五軒は出てくる勘定だ」

「なんですか、フロントマシンというのは」

「つまり記帳、転記、写記といった会計手順と、宿泊客勘定書の作成を同時に、そして自動的にやってくれる機械ですね」

「はあ」

青年は煙草を咥えたまま目をぱちぱちさせている。フロントマシンの正体がまだうまくのみ込めないらしい。それで、フロントマシンについてもうすこし詳しく説明してやった。

これまでだと、客の勘定は、発生するたびにすべて元帳に記載され、客が発《た》つときに、その元帳をもとに勘定書や領収書が作られていた。が、フロントマシンはこのすべてを一操作でやってしまう。一回の操作で、元帳にも勘定書にも、それからもうひとつ監査テープにも各勘定を記帳し、その計算もすませる。つまり、計算違い、転記誤り、書き損じなどが完全に防止できるわけだ。だから、このフロントマシンは決して無用の長物などではなく、それどころか使い方によっては会計処理の生産性を飛躍的に向上させ得る。一九二〇年代の後半、アメリカに室数三千以上の大ホテルがふたつ開業した。シカゴのザ・スチーブンス・ホテル（現在《いま》のザ・コンラッド・ヒルトン・ホテル）と、ニューヨークのウォルドルフ・アストリア・ホテルがそれだが、このふたつの大ホテルはじつは、フロントマシンの発明があって後に、それならば、と建設されたのだ。いいかえれば、フロントマシンの出現によって「一日に三千以上の勘定を処理できる」という見通しが立ったから、三千室もの大ホテルができたのである。

「それじゃあ、フロントマシンを売りつけるのは別に詐欺でもなんでもないじゃありませんか」

青年が首を傾《かし》げた。

「むしろ善根をほどこすようなものでしょう」

「いや。じつはやはり詐欺なのですな」

「どうしてです」

「大ホテルには大いに役に立つのですがね、そのへんの、室数が十か二十の小ホテルや旅館では宝の持ち腐れ。本を十冊しか持っていない人間が広大な書庫を建てるようなものですよ。宝石を一個しか持っていないおくさんが唐櫃《からびつ》ほども大きな宝石箱を買うのと似ていますな。もうひとついえば、一坪四方の家庭菜園にコンバインを導入するようなものです。牛刀をもって鶏を裂くような大袈裟《おおげさ》なことになってしまう。小さなホテルや旅館では、むしろ、元帳制の方がいい。なにしろ、フロントマシンは高価だ」

「いくらぐらいするものなのです」

「安いやつで三百五十万」

「胸がすくだろうなあ、そんな高価な機械を首尾よく押しつけたときは」

青年は目を閉じてゆっくりと紫煙を吐き出している。

「一組二十万の百科事典をあの手にこの手、あらゆる手を駆使して押しつけたときだって、ああ生きていてよかった、と思うぐらいですからねえ」

「それならどうです。わたしたちと組んでやってみませんか」

おれは青年の目の前に右手をぱっとひろげて突き出した。

「五十万にはなります」

青年は目を剝《む》いた。

「さっき逢ったばかりなのに、いいんですか」

「ああ、きみはきっとぼくたちと適《あ》うと思う。きみには詐欺師として大成する素質がありそうだもの」

青年はしばらく考えていたが、やがて立ち上がりレジの傍の電話のダイアルをまわした。

「フジキストアのおばさんですか」

青年は活き活きした口調で送話器に向っていった。

「高橋です、グローバル百科の。カップヌードルはどうしました。まだ届けていない。それはよかった。さっきのはなしはなかったことにしてください。ええ、ぼくはもう百科事典を売るのはやめます。おばさんところの百科事典をどうしてくれるとおっしゃるんですか。それならいいますがね、おばさん……」

ここで青年はおれに軽く目をつむってみせた。

「神田の古本屋へ持って行けば一組五万円で引き取ってくれますよ。それをぼくらが十万円で買い戻して、また新しいお客に二十万円で売りつける、とまあこういう仕掛けになっているわけです」

2

次の週、おれたちさそりは、黄金週間明けの房総半島へ出発した。房総半島の売りものは春の花と夏の海である。黄金週間の房総のホテルや旅館は、花を訪ねてやってきた客からかなりの金を巻き上げるが、たいていその金は夏の準備に使われる。そして夏の収入で次の年の春までの食い扶持《ぶち》を稼ぐというのがきまりのやり方だけれども、おれたちはつまり、その夏のための準備金でフロントマシンを買わせようと目論《もくろ》んだわけだ。このセールス旅行には例の高橋富之も加わった。身分は販売促進部の見習社員である。

さそりはまず房総半島最南端の白浜へ行き、そこから、乙浜——千倉鉱泉——仁我浦——鴨川松島——天津小湊——行川《なめかわ》——興津と外房《そとぼう》の海岸線に沿いながら北上した。しかしフロントマシンは一台もさばけなかった。WCR社のほかにも、日本には、フロントマシンを製作販売しているところが、アスコタ、アドックス、オリベッティ、オリンピア、キンツレ、カシオ、ゴルファント、シャープ、バローズ、テック、芝々とずいぶんたくさんある。それらの競争会社が、いたるところでおれたちの先まわりをしており、目ぼしいところにはすでに軒並み真新しいフロントマシンが入っていた。

むろん、室数五か六の、民宿に毛の生えたような旅館はまだ手つかずで残ってはいたが、こういうところはまったく話に乗ってこない。これぐらい小さいと「うちはまだちっぽけな旅館である」ということを経営者たちはみな心得ている。べつにいえば彼等は現実主義者であり、現実主義者たちは未来に余計な幻想は抱かない。相手の幻想につけ込むのが仕事のおれたちに彼等はもっとも手強《てごわ》い人種だ。

「どうやら、おれの勘が狂っていたようだ」

興津から勝浦へ北上する隧道《すいどう》の多い道路にベンツを走らせながら、おれはさそりたちにいった。いうまでもなくベンツは会社の借り物である。

「房総は競争会社がどこもかしこも荒し尽してしまっている。別の観光地を当った方がいいようだな」

「別の観光地か」

有子が爪にやすりをかけている。いつも爪の手入ればかりしている女だ。そして心の爪も鋭く磨いてる、いつ獲物が現われてもいいように。たのもしい同志だ。

「陸中海岸はどうかしら」

「悪くないわね」

節子は興津で買ったかまぼこを嚙《かじ》っている。彼女は洒落《しやれ》気よりもまだ食い気のようである。

「陸中海岸は観光地としては新開地だけど、それでも昔から拓《ひら》けていたところだから、古い旅館がたくさんあるはずよ。そういう旅館を、すべての装いを新しくして観光客をむかえましょうと焚きつけながら歩くのね。どこかが一軒ぐらいこっちの話に乗ってくるわよ」

「それじゃ来週は陸中海岸へ行ってみることにするか。やれやれ、今週もまた遊んじまったな」

車は勝浦の市内に入っていた。海岸のすぐそばに建っているホテルに車を停め、そこの食堂で昼食をとることにした。フロントの前を通るとき、念のためマシンが入っているかどうかたしかめてみた。アスコタのマシンがフロントの奥に鎮座していた。

「ちょっと思い出したことがあるんですがねえ」

フライパンの底のように固いステーキをどうやら嚙《か》み終り、顳顬《こめかみ》あたりの疲れを撫でながら窓ごしに海を眺めていると、高橋がいった。

「入江の向い側に魚市場が見えますね」

高橋の指さす彼方にたしかに巨大な銀色の屋根がある。

「あの魚市場の向うにぼくの知っている旅館があるんですよ。たしか大黒舘旅館といったと思います」

「古くさい名前ねえ」

有子は今度はコンパクトと睨《にら》めっこをしている。

「名前は古くさいんですが、建物はそうでもありませんよ。まあ、いってみれば本格的な旅館建築でしてね」

「その大黒舘がどうかしたの」

節子のほうは女性週刊誌と睨めっこだ。

「一昨年《おととし》のちょうどいまごろ、その大黒舘に百科事典を一組売りつけたことがあるんです。

ぼくの応対に出たのは五十五、六の女主人でしたが、このおばあさんがじつに素直に事典を買ってくれました。チーフ、せっかく通りかかったのですから、あそこを当ってみてはどうでしょうか」

「その大黒舘の規模はどれぐらいだい。大きいかい。それとも民宿に毛の生えた程度かな」

大きければ他社のマシンがすでに入っていると見なければならぬ。また民宿に毛の生えた程度の旅館だったら、これは行く前に諦めたほうが早い。

「その中間といったところじゃないかな。部屋数は十五ぐらいあったと思いました」

「従業員は何人ぐらいいたかね」

「ぼくが行ったときは暇な時期だったせいもあるでしょうが、女主人のおばあさんを入れて二人でした」

有子がコンパクトから、節子は週刊誌から目をあげて高橋を見た。部屋数十五で、従業員が女主人を含めて二人とはどうも奇妙だ。すくなすぎる。

「女主人のほかに三十四、五のおばさんがひとりいるだけなんです」

「すると商売のほうは暇なんだろうねえ」

「そのへんのことはよくわかりません。ただ、二十万円の英語百科事典を買うぐらいですから、金がないことはないんじゃないかな」

「よし、腹ごなしにその大黒館とやらの前をぶらついてきてみよう」

高橋と有子と節子を食堂に残してホテルを出た。ベンツは使わずにタクシーを拾った。

「下見は小規模に、ひっそりと」というのがセールスの鉄則である。単身でタクシーを利用したのはこの鉄則に忠実に則《のっと》ったのだ。

五分後、魚市場の前でタクシーを降りた。人口二万余の地方の小漁港の魚市場の午過《ひるす》ぎ、森閑とおさまりかえって人影もない。魚市場の前の煙草屋でセブンスターをワンカートン買った。こういう買い方をする人間はこのあたりでは珍しいらしく、店番のおじいさんがおれの顔をしげしげと眺めている。

「静かな港だね」

別にもう一個セブンスターを買って封を切り一本咥《くわ》える。おじいさんが徳用マッチをすってくれた。

「年中、こんなもんですか」

「いや、そうでねえ。夏場は海水浴客で混み合う。この通りを横切るだけでまず最低三回はこっちの肩が他人の肩とぶっつかるほどだ」

「そりゃがっかりだ」

「いや、この夏の会社の寮をあたりにきたんですよ。去年は内房《うちぼう》の岩井だったんですが、これがとんだ目算ちがいでね、海は汚いわ、芋を洗うように混み合うわで、社員からずいぶんお目玉をくったんだ」

思いついたまま喋《しゃべ》りまくる。このときはいつもある快感がある。即興演奏に没入するジャズミュージシャンたちの悦びなんていうやつもひょっとしたらこの嘘を即興的についていく快感と親類縁者かなんかなのではあるまいか。

「八幡岬の方はさほどではないようだよ」

おじいさんは右手を指した。

「しかし、むこうには旅館がないでしょう」

「ああ、そういわれてみればたしかにあまりないねえ」

「だいたい、旅館やホテルはもう予約でいっぱいでしょうね。一軒を十日間、借り切るなんてことは、いまからは無理だろうなあ」

「おれはそこまでは知らん」

「大黒館はどうです。知っている人に教わってきた名前だけれども」

「ああ、ここじゃ一流だね。広い駐車場もあるしね」

「なんでだね」

「ひとつの会社に十日間、使わせてくれるだろうか」

「まずだめだろうな」

「ほう」

「夏は馴染みの客しか泊めないようだものな」

「団体客を扱わなければ儲からないだろうに」

「儲ける必要もないんだわさ。隣の御宿《おんじゅく》に大きなプールをひとつ持っているからね。他人《ひと》に委せているようだが、そのプールからひと夏に三、四百万は揚がるらしいな」

広い駐車場に大きなプール、これだけ聞き出せば市場調査はもう充分である。魚市場の前の道をゆっくりと山手の方角へ歩いていった。しばらく暗灰色の古い家並みが続き、その家並みのはずれに大黒舘があった。間口二間の大玄関を備えた総二階の建物である。建物の背後に小さな、しかし急な斜面を持った山がのしかかるように迫っている。

大黒舘の前がバス停になっていて、陽に灼《や》けた顔の中年男が清酒の入った二合瓶を舐《な》めながらバスを待っていた。バスを待つふりを装って大黒舘の内部《なか》を偵察した。玄関の土間は二坪ぐらいある。玄関をあがると正面三畳の帳場。帳場の壁に横三尺、縦二尺、厚さ一尺ほどの平べったい木箱が架けてあった。木箱には上下二列に穴が二十個ほどあいている。

（ほう、ここはまだ勘定箱を使っているな）

思わずにやりとした。勘定箱を使っているということは、まだフロントマシンが入っていないということと同じだからだ。ところで勘定箱の仕組みをご存知ない方のために若干の解説を試みておこう。まず勘定箱の穴の数は部屋数と見合っている。客がいま二人、たとえば「松の間」に投宿したとする。旅館側は「松の間」と記した穴に五分四方のちいさな木札を二枚投げ込む。木札にはたいてい「泊」などと書いてあるはずだ。これはつまり『松の間』に「泊り」という勘定が二件発生したという意味である。さてこの二人の客が夕食をとり、ビールを四本飲み、セブンスターを三個取り寄せたとする。この場合、旅館側は、

「夕食」と記した木札を二枚、

「ビール」と記した木札を四枚、

「セブンスター」と記した木札を三枚、

勘定箱に投ずる。

さらに「松の間」の客はあくる朝、朝食をたべ、セブンスターを二個所望し、コーヒーを二杯飲んだとする。旅館側は勘定箱に、

「朝食」と記した木札を二枚、

「セブンスター」と記した木札を二枚、

投げ入れる。客が発《た》つとき、旅館側は『松の間』の区切の中の木札を一枚のこらずとり出し、その記述と枚数を基に宿泊客勘定書を作成する。つまり勘定が発生するたびにその勘定に相当する木札を投げ込んでおけば、勘定箱はそれをいつまでも記憶してくれているわけで、これは正直にいってまさに驚倒すべき智恵だ。なにしろこれは一個の立派な記憶装置《メモリィ・システム》なのである。

マシンのセールスマンという立場を捨ててものをいえば、部屋数五十以下の小ホテルや旅館はこの勘定箱で充分だ。いや、勘定箱を追放し、高価なマシンを購入するなぞは、ほとんど狂気の沙汰だといっていい。

バスに乗って駅に出て、駅からタクシーで高橋たちの待っているホテルに戻った。

「どうでした」

ロビーと食堂との間のゲームコーナーでパチンコの玉をつまらなそうに弾《はじ》いていた高橋が小走りに駆け寄ってきた。

「大黒館は駐車場やプールを持っている。絞れば金がとれるわけだ。有望だよ」

食堂から有子や節子が出てきた。

「すると、ここ数日、その大黒館で暮すことになりそうね」

有子が活き活きした顔になった。

「お魚がおいしいところみたいだから歓迎だわ」

節子はあいかわらず食い気ばかり。

「それで親分、どんな手で行きましょう」

有子はすこし芝居がかった声を出す。

「大黒館の帳場には勘定箱があった。となると例の勘定箱破りの一手だね。おれは高橋くんと一足先に大黒館に行っている。きみたちは夕方までどこかで時間を潰すんだね」

「わかったわ」

有子がうなずいた。

「夕方まで千葉市で映画でも観てます。それから電車でここへ戻ってきて、大黒館へ投宿ということにします。ベンツのトランクの鍵を貸して。わたしたちのスーツケースを出さなくちゃ」

有子に車の鍵を渡すと、おれはロビーの隅に高橋を引っぱって行った。

「すこし打合せをしておこうか」

「お、お願いします」

初仕事がいよいよはじまるというので高橋はすこし緊張している。

「まず、おれは某外国系資本ホテルチェーンの若手のやり手重役という役をやる。その外国資本は外房に大きな保養地《リゾート》ホテルを建てる計画があり、そのためのプロジェクト・チームも結成された。おれはそのプロジェクト・チームの責任者だ。いいね」

「ええ」

「それで、おれの秘書兼運転手というのが君の役どころだ」

「つまり、グローバル百科事典のセールスをしているときにひょんなことから外国資本のホテルチェーンのおえらがたに拾われて、いまや若き実力者の懐 刀《ふところがたな》である、と大黒館のおばあさんには説明しておけばいいんですね」

「その通りだ。さて、おれの略歴だが、まず慶応大学商学部卒、卒業と同時にアメリカへ留学だ。留学先はコーネル大学」

「なぜ、コーネル大学なんですか。ハーバードかプリンストンのほうが恰好いいと思うけど。どうせ嘘なんだから、それなら名門校を選んだほうがいいんじゃないですか」

「いや、コーネル大学にはホテル経営学部というのがある。この学部を出ておけば、ホテルマンとして金箔つきなのさ」

「わかりました」

「もっと詳しくいえば、コーネル大学ホテル経営学部ホテル会計科の卒業。卒業後、シカゴのヒルトン・ホテルの、そうだなあ、ホテル経理部料理飲料原価管理科に就職とでもしておくか」

なにもここまで細かく決めておかなくてもいいのだが、こういうのがじつは楽しいのだ。短期間ではあっても自分のなりたかったものになることができる、そこにこの仕事のおもしろさがある。

「おれたちがこの外房へやってきたのは、表向きはホテルの建設地を探すためだ。そこで日中は、車で外出する。が、おれたちの本当の役目はもちろん別にある」

「なんです」

「大黒舘の女主人に、これからの宿泊業界はかくあらねばならぬ、それにはまず会計処理の生産性の向上、なんてことを吹き込む」

「その程度のお講義で、あのおばあさん、フロントマシンを買う気になるだろうか」

「なるものか」

「じゃあ、やるだけ無駄じゃないですか」

「ところがそのとき、大黒舘と泊り客との間に悶着《もんちゃく》が起る。たとえば勘定箱の中のビールの木札の枚数と泊り客が手控えておいたビールの本数が合わない。ビールの木札が八枚あるのに、泊り客は天地神明に誓って四本しか頼んでないと言い張るのだ」

「はーん、その泊り客が有子さんたちなんですね」

「そう。女主人はおれからフロントマシンのはなしを聞いたばかりのところだから、『やはり勘定箱は古いやり方なのかしら』などと考えはじめる。そうなったら九割方こっちのものだ。おれはすかさず『商売上、フロントマシン会社の上層部と親しい。市価の三割引きか四割引きでマシンが買えるように口をきいてあげましょう』なんて申し出る。そうこうするうちに話はまとまる」

「もし、まとまらなければ」

「第二、第三の勘定箱破りの手を使うのさ。ところで高橋くん、おれがホテル経営学のプロだということを、大黒館の女主人に、きみの方からいい出してはいけないよ。女主人がおれの正体を知りたくなるように仕向け、向うの方から聞き出させるのだ」

つまり「あの人は大金持なのですよ」と、こちらから情報を与えた場合は、その情報に対する信頼度は一般的にいって低いのである。さまざまな下工作をととのえておき、向うから「ひょっとしたらあの人は金持じゃなくって」とたずねさせ、それに「しかり」と答える、この方が情報信頼度はずっと高い。もっとべつにいえば、餌を撒《ま》くな、餌を求めてくるようにさせよというわけだ。

「わかりました」

高橋はうなずき、おれたちはこれで第一回の打合せを切りあげた。

三十分後、高橋はベンツを大黒舘の前に停めた。おれは後部座席にふん反《ぞ》りかえって、『Hotel Front Office Management & Operation』という題名の米国《あちら》の書物をひろげていた。この書物も小道具のひとつ、WCRの図書館から借り出しておいた代物である。

「まあまあ、あのときのセールスマンの方ですか。よく忘れずに寄ってくださいました。どうぞ、おあがりくださいな」

和服の老女が帳場から土間に降りてきて高橋と挨拶している。粋な感じの小柄なおばあさんである。

「それで、ぼくのお願いした百科事典はどうなっていますか。いまでもどこかにでんと飾ってありますか」

「あれには往生しました。帳場の横に飾っておけば大黒舘の印象が五割方はアップする、なんてあなたがいうものだから、それを真に受けて買ったのはいいけど、場所はとる、開いてみればもちろんちんぷんかんぷん、とうとうもて余して地元《ここ》の高校へ寄付しましたよ」

「部屋はおひとつお取りしておけばよろしいのですね」

玄関の上口《あがりぐち》に三十六、七のおばさんが坐っている。これも和服だ。

「いや、ふたつ頼みます」

高橋はここで声を低め、

「じつは重役が一緒なんです」

「重役さんというと、百科事典販売会社の」

女主人も釣られて声を低くした。

「もうとっくの昔に百科事典の方はやめました。いまはある会社の重役秘書です」

「なんて会社の」

「それはちょっといえないな。いまいっちゃうとこの町が大さわぎになってしまいかねませんから。それでは車を駐車場に入れさせてもらいます。重役のご案内をたのみますよ」

高橋が車に戻って後部ドアを開く。例の横文字の書物を小脇にかかえ、おれはゆっくりと車から降りたった。

「いらっしゃいませ」

女主人がお辞儀をした。

「お世話になります」

お辞儀をしておいていきなり女主人に訊いた。

「お宅の場合、客室売上げ高は全売上げ高の何パーセントぐらいを占めていますか」

女主人は目を白黒させている。

「おそらく全売上げ高の五十パーセント以上を客室売上げが占めているでしょう」

「そ、そうかもしれません」

「それはいけませんね」

おれは三、四回続けて軽い舌打ちをしてみせた。

「料理売上げと飲料売上げをもっとふやさなくては。つまり、食堂部門を強化なさることですな。食堂を作りなさい」

「あ、あのう」

「夏場の客には日帰りする人が多い。そういう客を対象にした食堂を作るんですね。そうすれば料理売上げや飲料売上げがふえ、自然に客室売上げ高が全売上げ高の三分の一以下になるはずです。この三分の一という数字、これが重要ですよ。ホテル経営のポイントはじつにそこにある」

「でもうちは旅館ですから」

「旅館もホテルも宿泊施設であることにかわりはありません。同じことです。うしろの山は市の所有ですか」

「いいえ、わたしのところの山ですわ」

「放っておく手はありません」

　ぱちんと女主人の鼻先で指を鳴らしてやった。

「山の上にレストランをお作りなさい。山の高さは二十米《メートル》ぐらいのものでしょう。だったらここと山とをエレベーターで繋げないことはないはずだ。それもただのエレベーターではなくガラス張りの展望リフトがいいな」

　駄法螺《だぼら》を吹きつつ靴を脱ぐ。おばさんが革のスリッパを揃えて出した。

「だいたい大黒舘旅舘というのが陰気でいけませんな。ホテル大黒になさい」

「はあ」

「これは驚いた。お宅ではまだ勘定箱などという前世紀の遺物をお使いなんですね。やれやれなにをかいわんやだ」

　溜息をつき首を何回も左右に振りながら、おばさんに案内されて二階に上った。

「高橋さん」

　戸外《そと》で女主人の声がしている。

「あなたの上役ってずいぶん変った人のようですね。挨拶もすまないうちから、やれ食堂がどうした、それ売上げがどうしたのと、のべつまくなしにまくしたてていらっしたわよ」

「そ、それはどうも」

「あなたの上役って、もしかしたらホテル業界のお人なんじゃない」

「いやあ鋭いなあ。おそれ入った眼力だ」

「やっぱりね」

「あの重役の頭の中にはいつもホテルのことしかないんですよ。もっともだからこそホテルの神様なんて異名も奉《たてまつ》られているんでしょうがね」

「ホテルの神様……」

女主人の息を呑む気配が二階にまで伝わってきた。それにしてもこのおれをホテルの神様に仕立てあげるとは、高橋という青年、初陣にしてはなかなか心得ているではないか。

3

夕食の時間まで、高橋と町をぶらぶらして過した。その散歩はいかにも「ホテル造りの名人がホテル建設地を物色しながら歩いている」如く見えるように行なわれた。より具体的にいえば、高橋を相手に歩きながら絶えず喋りまくり、あちこちを指さし、魚市場の前から大黒館の背後の山へ駆けあがり、また駆けおりるというような動作をおれは繰り返したわけだ。

へとへとになって大黒舘へ戻ると、座敷にお膳を並べ、女主人がビール瓶を傍に置いて待っていた。

「いかがでした、この町の印象は」

「悪くはない」

女主人の注いでくれたビールを一息で飲み乾《ほ》してから唸《うな》ってみせた。じつはビールのうまさに唸ったのだが、女主人はおれがこの町の立地条件のよさに唸ったのだと思ったにちがいない。

「というよりもたいへんな可能性があります。がしかし、この町にどういう可能性かを喋ると、ぼくがやがてここでどんなことをやろうとしているかが暴露《ばれ》る。ですから秘中の秘、意地が悪いようだが喋ることはできません。ただ」

「ただ、なんです」

「この大黒舘について気づいたことを、座興がわりに申しあげますかな」

「それはもうぜひ」

「まず帳場のあたりの雰囲気が陰気でいけません」

「そうでしょうか」

「陰気は暗さを連想させ、暗さは宿料の不明朗さを連想させます。自然客の足が遠のきます。損です。べつにいいますと江戸時代の旅籠《はたご》の帳場という感じを受けますな。もちろん、江戸時代の旅籠をキャッチフレーズに宣伝する手もあります。その場合、形式は旅籠であっていいが、内容は近代的でなくてはいけないと思う。江戸時代の旅籠というキャッチフレーズに自縄自縛され、生産性を低下させてはいけませんよ」

女主人はにこにこしながらおれの講釈に耳を傾けていた。(これはよほど人の善《よ》さそうな顔だな)と思った。いますぐ一気に勝負をつけてしまってもいいかもしれない。

「では帳場の印象を一変させるにはどんな手を打てばよろしいか。いろいろやり方はあります。がしかしぼくなら帳場にフロントマシンを置きますね。これがもっとも手っ取り早い」

高橋にメモ用紙とボールペンを出させ、まず「フロントマシン」と書きつけた。

「次に大黒館の背後の山の上に大きなレストランを建てたいところですが、これには大きな勇気と巨額な資金が要《い》りますから、それはまた将来ということにして、とりあえず大黒館の一階を改造しましょう」

「いったい何に改造するんです」

「食堂にです。建物全体とのバランスも考え合わせて江戸時代の茶店風の室内装飾にしましょう。どうです」

「たいへんに結構ですわ」

「宿泊客の数は常にきまっている。ですから宿泊料を値上げする以外に増収は見込めない。ところが食堂はそうではない。回転が早いですから、たとえば夏場、海水浴客を相手にいくらでも稼ぐことができますよ。そしてこの場合にも帳場に入れたフロントマシンが役に立ちます。なにしろレジスターとしても兼用できますからな。マシンは、わたしの経験では、WCRのものがよろしい」

メモ用紙にWCR42号と書き加えた。

「この四十二号なんかお宅にはお誂《あつら》えむきじゃないですかねえ。WCRにはわたしの友人が大勢おります。なんならぼくが紹介の労をとって差し上げてもいい。口はばったいようですが、ぼくの紹介があれば三割や四割は安くなります。WCRの他《ほか》のマシンもサービスにつけさせましょう」

「他の、といいますと」

「全自動紙折封入封緘機なぞいかがです」

「な、なんですか、そのなんとかって機械は」

「たとえば茶店風の食堂を作りますね。そのことを、千葉県下の官公庁や各会社にダイレクト・メールを送りつけて宣伝します。そのとき何千通にも及ぶダイレクト・メールを、手で折り、手で封をするんじゃ大変です。ところがこの全自動紙折封入封緘機はすべての工程をひとりでにやってしまう。いま大評判のマシンなんですよ」

というのは嘘だった。なかなか買手がつかず大不評というのが実情である。この全自動紙折封入封緘機の値段は百三十万円だ。一台購入すれば五年や十年は使えるから、長い目で見れば人手を駆り集めるより便利なのだが、日本の経営者たちは人間を扱うことのほうを好むようである。おそらく彼等の頭には、

〈結局、人間が一番安くつく〉

という固定観念がこびりついているのだろう。メモ用紙に「四百万」と書き加え、女主人に手渡した。

「フロントマシンに全自動紙折封入封緘機をサービスにつけて、まあ、その値段で入れさせますよ。どうです」

「あんまりはなしが急すぎます」

女主人はおれのコップにビールを注ぎながら苦笑した。

「二、三日、懐中《ふところ》とようく相談させていただかなくては」

「あのう、奥さん」

廊下でおばさんが女主人を呼んでいた。

「さっき電話で予約のあったお二人様がお見えになりました。ほら、国際婦人年をきっかけに男社会に三行半《みくだりはん》をつきつける女の会とかいう長い名前の会の役員の方ですよ」

「すぐご挨拶にうかがいますよ」

女主人はうなずいてビール瓶を置き、

「ちょっと失礼させていただきます」

おれたちに頭をさげた。

「どうぞお構いなく。しかしそれにしても、シーズンオフの、しかもウィーク・デーだというのになかなかのご繁昌ですな」

「おかげさまで。そのナントカカントカの会の役員の方は一晩泊りがけで相談に見えたらしいんですよ」

「なんの相談です」

「六月上旬に、うちで、三日間、総勢四十名様ほどで研修会を開きたいんですって」

「ますます結構ですなあ。そうなるといっそうフロントマシンが必要になりますね」

あいまいにうなずいて女主人は座敷を出て行った。

「国際婦人年をきっかけに男社会に三行半をつきつける女の会の役員というのは有子さんや節子さんでしょうか」

高橋が女主人にかわってビール瓶を持つ。

「たぶんね」

「四十名参加の研修会の下相談とは呆れましたね。なにもそこまで凝ることはないと思うけど」

高橋はおれのコップにビールを注いで、

「一泊する。あくる朝、悶着を起こす。それで充分じゃないですか」

「いやそうでもないのだ。彼女たちは今夜中に大黒舘の女主人に研修会の予約をする。五万円程度の内金も払う。ところが、明日の朝、ビールの本数のことで揉《も》めだす。ついに彼女たちは怒って予約を解約する。女主人は五万円の内金を返さなくてはならなくなる。一度入った金がまた出て行く、こいつはあまり気分のいいものじゃないよ。そこで女主人は勘定箱をお払い箱にしようかなどと考える」

「なるほどなあ」

高橋はしきりに感心しながらビールを飲んでいる。

どこかでぴちゃぴちゃとかすかな音がしていた。なんだか陰気な音だった。耳を澄ますと、それは裏山から大黒舘の屋根へ滴り落ちる水のようだった。あたりはすでに暗くなっている。おれは急に胸が塞《ふさ》がり、背筋に寒気をおぼえた。

4

その夜、だれかがおれを呼ぶ声で目を覚した。いつの間にか雨になっていた。その雨の音に混って押し殺したような女の声がしている。

「だ、だれだ」

上半身を起こしたらすーっと障子が開いた。

「若林さん、ちょっと階下《した》のわたしたちの部屋へきて」

有子の声だった。スタンドのスイッチを押すと廊下に白い顔が三つ並んでいるのが見えた。節子や高橋も一緒である。

「おいおい、男性軍と女性軍はお互いに知らない同士のはずだったろう。そんなところをここの奥さんやおばさんに見つかってみろ。これまでの苦労が台なしだぞ」

「で、でも、わたしたちの部屋の隣でだれかが情死の相談をしているのよ。気味が悪くて寝てなんかいられやしないじゃない」

「情死だって」

「そう、心中の相談よ」

「ま、まさか」

「それがほんとうなの。はじめはぼそぼそと声がしているだけで、はなしの内容まではわからなかった。ところがそのうちに『熊さん、死にましょう』だの、『熊さん、ひと思いにその鎌で咽喉《のど》をかき切って』だのという声がして。節子さんとわたし、這《は》うようにして部屋を抜け出して、階段のとっつきの高橋さんのところへ逃げ込んだってわけ」

「ぼ、ぼくも、た、たったいま、たしかめてきました」

高橋の声も震えていた。

「たしかにだれかが心中の相談をしていました。女の方の声はどうも大黒舘《こ こ》の女主人のようだった」

信じられなかった。夕景、おれたちにビールを注いでくれていたときは、あの女主人にそんな気配はまるで感じられなかったが。

「三人とも寝呆《ねぼ》けてるんじゃないのか」

立って廊下に出た。

「おれが様子を見てこよう」

階段を降りたところで、しばらく立ったまま聞き耳を立ててみる。だが、聞えるのは屋根を叩く雨の音ばかりだ。

「廊下の突き当りに便所があるでしょう」

高橋たちもいっしょについてきていた。

「便所の手前が納戸部屋です。そして納戸部屋のもうひとつ手前がその問題の部屋……」

爪先で歩いて行った。障子をペロッと舌で舐めて穴をあけ、内部《なか》を覗《のぞ》いた。人の気配はない。

「だれもいないじゃないか」

障子を開けて入り蛍光燈の紐を引いた。蛍光燈はしばらくせわしく点滅を繰り返しやがてようやく点《つ》いた。床の間に週刊誌ほどの大きさに引き伸した写真が立てかけてあった。

写真の主は三十四、五歳の、五分刈頭で、いやに眼付の鋭い男である。部厚い唇のまわりにボチボチと不精髭が生えていた。写真の余白の部分に大きく、
岩淵熊次郎三十四歳
と墨字の書き入れがあった。

「岩淵熊次郎……」

どこかで耳にしたことのあるような名前だなと思った。いつどこで聞いたのか、それは思い出せない。

写真の前に茶色の書類袋が置かれていた。それにも「岩淵熊次郎のこと」と墨で書いてある。袋を逆さにして振った。褐色に変色した新聞の切抜きが二葉はらりと、畳に落ちた。

一枚には「大正十五年八月二十一日付報知新聞」、もう一枚には「大正十五年十月一日付報知新聞」と鉛筆の書き入れがしてある。八月二十一日付の切抜きには次のような活字が並んでいた。

千葉県香取郡久賀村字出沼、荷馬車引岩淵熊次郎(三五)は情婦である同村吉沢けい(二七)が、最近、他に情夫を持つたのを憤り、けいを脅迫したのでその筋に検挙され、さる十八日、裁判所で懲役三月、三ヶ年の執行猶予となつたが熊次郎はこれがため、けいおよび同事件の関係者を深く怨み、二十日午前零時半頃、けいの情夫である同村萱沢寅松(二五)方に棍棒を携へて忍び入り、寝てゐた寅松の上に馬乗りとなり棍棒で乱打、更にその足で事件の関係者宅に放火、同村駐在所から巡査の剣を盗み出し、これを携へてけいの奉公してゐる同村の物品販売業者宅に至り、まづ物品販売業者を滅多斬にして惨殺し、更に同家の女中である前記けいを殺害し、返り血を浴び、血刀を携へて自宅に立廻つた所を張込中の刑事が取押へんとするや、血に狂つた熊次郎は忽ち同刑事に斬り付け十数ヶ所に瀕死の重傷を負はせ、いづれかへ逃走した。この大惨劇に同村は沸き返るが如き大騒ぎで、警鐘を乱打して青年団消防組合全部を非常召集し山狩を行つて犯人鬼熊を厳探中であるが、午後一時までには捕縛されてゐない。急報に接し八日市場裁判所から判検事、また県警察部から多数の警官が現場に急行した。

（そうか、どこかで耳にした名前だと思ったが、岩淵熊次郎とはあの鬼熊の本名だったのか……）

次に十月一日付の切抜きを手に取った。

四十三日間にわたり千葉県警察部捜査隊を翻弄し、一ヶ月余で同警察の一年分の捜査費用を使ひ果させた鬼熊が、死に直面しつつ兄清次郎等に陳述した話を総合すると、蛇の如き執念と狂暴振りに今更ながら驚かされる。三千の捜査隊員を尻目にかけての変幻出没の意想外事の連続は、近世犯罪史に特筆さるべきであらう。

密林中に逃亡した鬼熊は、どうせ助からぬ命と覚悟したので夜の明けぬうちに久賀村出沼の池に投身自殺を企てたが、水が浅くて死ねなかつた。自殺をしそこなつた後は山ごもりをすることに決心したが、そのうち仇が憎くなり、どうしても菅沢寅松を道連れにせねば承知出来ぬ気持が持ち上つてきた。そこで先づ二十五日の深夜、寅松方を襲うたが騒がれて失敗し、同僚宅に一夜潜伏した。同僚の話から、その筋の警戒の厳しい事を知り、カミソリ一丁を貫つてまた山林に入つた。空腹のため遠山村の同僚をたよる途中、二十七日夜八時、同村駒の頭十字路で危く警戒員に追跡され、肩にかけてゐた着物を捨てて夢中で逃げ、三時間後に隣村の同僚方に立ち廻り、二日分の握り飯と紺ガスリの筒袖一枚をもらひ、三十一日深夜、警戒線を突破して密林をはひ出て、妻子に別れを告げようとしたが近よれず、九月一日の大山狩に追ひ立てられて、二里の山野森林地帯を四日かかつて八軒新田の実姉宅付近まで落ちのびたが、すでに捜査隊が張り込み、むざむざ捕はれるよりも、いつそ仇の家へ斬り死に行く方がよいと覚悟を定め、また三日がかりで八日夜、やうやく出沼の森林にたどりついた。

すなはち、鬼熊が逃亡中のもつとも不思議がられた九月一日第一回大山狩から八日までの雲がくれは密林中にゐたのであつた。三千人の大仕掛な山狩を、うつさうたる大樹の頂上から見下したり、ホラ穴にひそんで頭上を通り過ごさせたり、それこそ危機一髪の難を巧みに逃げとほし、雨に打たれ、嵐に苦しみながら、なほ、生栗やタウモロコシ、イモ、西瓜などでわづかにうゑを凌ぎ往復二里の山道を逃げまはるのに一週間もかかつてゐたのである。

しかし、この鬼熊も厳重なる警戒網は遂にくぐりぬける事が出来ず、報恨の万策つき、九月三十日、自宅付近の先祖の墓で毒饅頭を喰ひ、カミソリで咽喉を掻き切り自殺をなした。なほ、毒饅頭の出所は実兄の清次郎で、清次郎は鬼熊に、前日に逢つてゐる。

読み終えて呆然としていると、有子が突然あっと叫び声をあげた。

「わたしたちの隣の部屋、つまりこの部屋から聞えていた女の人の声は『熊さん、死にましょう』とか『熊さん、ひと思いにその鎌で咽喉を……』とかいっていたわ。ということは、熊さん、すなわち、鬼熊は生きている」

「そ、そんなことがあってたまるものか」

おれは二葉の切抜きを書類袋に戻した。

「鬼熊が自殺したのはどなたもご承知の、いわば歴史的事実だぜ」

「で、でも、鬼熊の写真、鬼熊に関する記事の切抜き、それから『熊さん、死にましょう』という闇からの声、なんだか話がうまく合っているじゃない」

有子が喋っている途中で閉めておいた障子がかたかたかたと音をたてて横に滑りはじめた。頭から冷水を浴びせかけられたような気持だった。廊下の闇へ目を向けようとするのだが、眼球は瞼《まぶた》の裏に膠《にかわ》で貼りついてしまったようでぴくりとも動かない。

「鬼熊は五十年前に自殺しています。それはたしかですよ」

障子を開けて部屋へ入ってきたのは寝巻がわりに白っぽい浴衣を着た、例のおばさんだった。

「ただ、大黒舘《うち》の奥さんは鬼熊こと岩淵熊次郎さんとはゆかりのある人で、それで写真や切抜きが置いてあるんです」

「す、するとこちらの奥さんは鬼熊……さんの、親戚かなんかで」

「いいえ、親戚ではありません」

おばさんはぼくらに正対して坐った。

「鬼熊さんは奥さんの、恋人なのです」

おばさんが狂ったのではないかと思った。鬼熊は五十年前に三十五歳で自殺している。五十年前といえば、この大黒舘の女主人はまだ七つか八つの少女。三十五歳の男と七、八歳の少女が、恋人同士であったなどといったいだれが信じよう。

「新聞の切抜きを読んでもわかりますけれど、逃走中の鬼熊さんに、村の人たちは、握り飯や筒袖をあげたり、一夜かくまってあげたりしてとても親切にしています。わたしも鬼熊さんと同じ村の出身で、十五、六のときまであの村にいましたけれどね、村の年寄たちが鬼熊さんを悪くいっているのを一度も聞いたことがありません。そうなんです、鬼熊さんはみんなからとても好かれていたんですよ」

おばさんは淡々と話し続ける。

「とりわけ子どもには人気があったらしいですね。ほかの馬車曳《ひ》きのおじさんは空車のときでも、子どもたちを寄せつけない。ところが鬼熊さんはちがう、よろこんで馬車に乗せてくれる。切抜きには書いてありませんが、山中に隠れていた鬼熊さんに村の消防団員たちが何度も弁当を運んでやっています。なにしろ出沼の消防団長はあとで犯人隠匿罪で捕まっているほどですから、鬼熊さんに村の人たちがどんなに肩入れしていたかわかるでしょう。けれども弁当を運んでいたのは消防団員ばかりではなかった。子どもたちも夢中で弁当運びを手伝ったんです。そしてその子どもたちの中に少女時代の大黒舘の奥さん《こ》がいたのです」

雨は熄《や》んだようだ。聞えているのはおばさんの声と裏山から流れ落ちる水の、屋根を叩く音ばかり。

「山へ一度、二度、三度と弁当を届けているうちに、奥さんは鬼熊さんが好きになりだした。そして、鬼熊さんが自殺したときはひと月ばかり毎日、泣き暮したそうですよ。それからずーっと奥さんは鬼熊さんの写真や切抜きを傍から離さないんです」

「おかげでだいたいの事情はのみこめました」

おれはおばさんに軽く頭をさげた。

「ただし、小さな疑問がひとつ、いやふたつ残っている。おたずねしてもいいですか」

「どうぞ」

「鬼熊事件があり、ここの奥さんが生れたところでもある香取郡とこの町とは、どちらも千葉県ですが、ちょいと離れていますね。奥さんはどういう事情で香取郡からここへ……」

「十六歳のときに奥さんは銚子の港に出て芸者になりました。そのうちに網元の旦那さんと割りない仲になり、その旦那にこの大黒舘を買ってもらったんです。結婚話はずいぶんあったようですが、鬼熊さんに操立《みさおだて》してこれまで一度もご亭主はお持ちになっておりません。芸者だから旦那はとるが、自分の亭主は鬼熊おじさんひとり、まあ、そういうわけですね」

「二番目の疑問というのは、うちの女の子たちが聞いた声のことですがね。たしかに大黒舘の奥さんの声が『熊さん、死にましょう』といっていたそうで」

「さあ、それは空耳だったんじゃないんですか」

とそのときだった。隣の納戸部屋から怖しげな叫び声があがった。疑いもなく、その声は大黒舘の女主人のものだった。おばさんの顔からみるみる血の気が引いて行く。

「まさか。奥さんがまさか」

おばさんはよろよろと立ちあがって廊下へ出た。おれたちもその後に続いた。おばさんは納戸部屋の引き戸に手をかけたまましばらく、開けようか、それともよそうかとためっている風だったが、やがてえいと戸を横に引いた。

納戸部屋には電燈が点いていた。電燈の真下に血の海がひろがり、その赤い海の中に、大黒舘の女主人と老人が転がっていた。女主人の咽喉には黒鎌が突き刺さっていた。

「なんてことを。奥さん、なにも死ななくてもよかったのに。たとえ、警察が乗り込んでこようが、あれから五十年も経っています。時効が成立するんですよ。奥さんから鬼熊さんを奪《と》っていくことのできる人はだれもいないんです」

ふとおばさんは口をつぐみ、ぴしゃんと納戸部屋の戸を閉め、廊下に腰を抜かして坐り込んでいたおれたちを凄《すさま》じい勢いで振り返って見た。

「いまわたしの言ったことを聞かなかったことにしてください。おねがいします」

「わ、わかりました」

ようやくのことでおれの口のまわりの筋肉が動いてくれた。

「だ、だれにも喋りません。それは約束します。ですから、真相を聞かせてください」

おばさんはどたっと廊下に坐り込み、

「五十年前、先祖の墓の前で自殺したのは鬼熊さんじゃなかったんです。兄さんの清次郎さんでした」

　途方もない打ち明けばなしをはじめた。

「清次郎さんは胸を患っておりました。それもかなり重症の肺結核でした。そこで自分が弟のかわりに死のう、そして自分のかわりに鬼熊さんに両親の面倒をみてもらおうと思いついたのです。幸いなことに清次郎さんと鬼熊さんは瓜ふたつといっていいほど似ていました。で、ですから」

「そ、そうでしたか。そこで鬼熊さんは今日までどこでなにをして生き長らえていたんです」

「大黒舘《こ》の板前さんだったんです。ところがこのあいだ、妙な手紙が舞い込んだんです。『おれは大黒舘の板前の岩淵清次郎が、じつは鬼熊だということを知っている』といったような文面でした」

「差出人は」

「わかりません、匿名でしたから。その手紙以来、鬼熊さんと奥さんの様子がどうも変だったんです。でも、まさかこんなことになるとは。わたしが呑気に構えていたのがいけなかったんです」

　おばさんは廊下にかっぽと伏して大声で泣きはじめた。

一時間ほどして東の空が白みはじめた。おれたちは駐車場から引き出したベンツに乗って大黒舘の前を発《た》った。

「心中事件に変にかかわりあってはあなたがた、迷惑でしょう。こっそり発ちなさい」とおばさんがいってくれたのでそのことばに乗ったのである。

だが、警察署の前で、眠気ざましに宿直のおまわりさんが体操をしているところに出っくわし、おれたちは考えをかえた。鬼熊が生きていたという事実を闇から闇へ葬ってしまってはいけないと思ったのだ。近代日本犯罪史を書きかえるであろう事実をおれたち四人だけで私蔵しておくわけにはいかない。

だがいったいどうしたことか、おれたちのはなしを皆まで聞かぬうちにおまわりさんは、

「あんたがたも、どうやら大黒舘にフロントマシンとやらを押し売りにきた組のようだね」

とくすくす笑い出した。

「な、なぜ、そんなことがわかるんです」

おまわりさんは膝の屈伸をしながら、

「今年になってもう六、七組は警察に駆け込んできているんだ、あの鬼熊がついさっきま

で生きていた、なんて叫びながらね。駆け込んできた連中はこれまでいずれも会計機のセールスマンだった。そこでひょっとしたらきみたちも同じ仲間じゃないかな、と考えたわけだ。どうだ、筋の通った推理だろう」

「す、すると大黒館の女主人は死んではいないわけで」

「ああ。いまごろは梅干を舐めながらお茶でも飲んでいるだろう」

「あ、あの相手の老人は……」

「正真正銘、大黒館の板前ですよ」

「ひ、ひどいはなしだ。人を担ぐにしてもほどがある。警察は厳重な警告を発すべきです」

「最初はおかみに雷を落したさ。ところがそのとき大黒館のおかみはこう反論していたよ。『セールスマンたちは、大がかりな芝居仕掛で機械を売りこんできます。油断しているとたちまち無用の長物を押しつけられてしまう。対抗上、こちらも芝居で連中を追い払うほかないんです』とね」

車のなかから高橋たちが呼んでいた。高橋たちは「ぼくたちの負けですよ」「帰りましょうよ」などといっているようだった。それにしても、大黒館の女主人はいつ、おれたちの正体をそれと見抜いたのだろうか。昨夜、WCRのマシンのはなしを持ち出したときか。

あるいは、予想もしていなかった隣室からの声に煽《あお》られて、知らない同士のはずの女性軍と男性軍が手をとりあって大黒舘の階下へ降りたときか。それとも、フロントマシンのセールスマンにはもう馴れっこになっていて、おれたちが投宿した瞬間から情死劇の上演を決定していたのか。

（いずれにしても、勘定箱破りの新手を考え出す必要がある）

と思った。

（アスコタ、アドックス、オリベッティ、テック、どこの会社のセールスマンも、みんな同じ脚本を使っているようだからな）

車に引っ返そうとした背中へ、

「芝居といえば、あのおかみは外房《そとぼう》の杉村春子といわれているほどの演技上手だ」

おまわりさんが声をかけてきた。

「またあそこの女中さんや板前もおかみさんと同じようにこの町のアマチュア劇団の中心メンバーだ。去年は『セールスマンの死』とかいう芝居を上演したがね、これには唸らされたよ。よかったねえ」

そう簡単にセールスマンが死んでたまるものか。こっちにも生活がかかっているのだ。口の中でぶつぶつ言いながら車を転がしはじめた。

「どう、高橋くん、マシンセールスの感想は」

有子が高橋に訊いた。

「疲れました」

「じゃあ、よしちまうの」

節子が助手台から後部座席の高橋を振り返る。

「大山をひとつかふたつ当てるまではやめませんよ」

バックミラーの中の高橋は、そう答えてから口をきゅっとへの字に結んだ。

秋田おばこの花入墨

1

「不況でマシンが売れないなんて言い訳は聞きたくないね」

営業担当重役の加美山《かみやま》がどしんと拳《こぶし》でデスクを叩いた。ひとをデスクに呼びつけておいていきなり怒鳴るんだから考えてみれば無礼なはなしだ。上役でなければ即座に張り仆《たお》してやるところだが、いかに無礼な野郎でも向うは重役、こっちはセールスマンの班長、おれは口を突いて飛びだしそうになった「嘘だとお思いでしたらご自分で売ってまわってごらんなさい」ということばを辛うじて腹の中へ嚥《の》み戻した。

「現在《いま》が超大型の不況だということは三歳の子どもにもわかっているんだ。その不況の波をものともせず、いや不況だからこそ、マシンを売りまくる、それが第一級のセールスマンというものではないの」

セールス営業部のオフィスは広い。小学校の教室を五つか六つ合せたぐらいはあるだろう。加美山重役はその広いオフィスの隅にまで届きそうな大声をあげていた。加美山重役の狙いは読めている。おれを出汁にしてオフィスでとぐろを巻いているセールスマンたちに発破をかけようとしているのだ。このWCR東京本社には三百五十に近いセールスチームがあるが、おれたちのさそりチームは、この上半期の売上げが二億九千万円、断然首位にある。加美山重役はさそりのリーダーのおれを叩くことによって他の班のセールスマンたちに脅しをかけている。つまり「首位チームのリーダーでさえこの叱言《こごと》の雨。二位以下の連中はよほど奮起しないと人員整理の対象になるぞ」と脅迫しているのだ。

「ここのところきみのチームは月平均五千万円近い売上げをあげてきた。ところが七月の売上げはわずか四百万円だ。どうしたっていうのよ、ほんとうに」

「加美山さん、不況企業はまずなにを節約するとお思いになります」

ただ怒鳴られっぱなしというのも癪《しゃく》だからささやかな反抗を試みることにした。

「たいていの企業ではまず事務用品を節約することをはじめます。ボールペンはインクが完全に見えなくなってやっと交換、鉛筆は三糎《センチ》以下になるまで使うこと、などというのが手はじめで、次に計算用紙や便箋や封筒などの紙質を落す。さらには購入計画書に載っていた自動宛名印刷機や自動紙折機や自動ひも掛機の買入れを控える。わたしたちの売って歩いているのは、その自動宛名印刷機や自動紙折機や自動ひも掛機なんですよ。売上げ高が多少落ちても仕方がないでしょうが。現に浅草橋あたりの文具問屋の中には倒産しているところが出てきている。ボールペンや鉛筆などの文房具を各企業が買い控えているのが原因です。つまりわたしがいいたいのは、いくらセールスマンが智恵をふり絞り、靴の底を磨《す》り減らしても、ご時勢によってはその努力が直《ちょく》に売上げには結びつかないこともあるということでしてね」

「そういう屁理屈をこねるセールスマンをわがＷＣＲは必要としておらん。いさぎよく転業したまえ」

「寅さんの台詞《せりふ》じゃないが、加美山さん、それをいっちゃあおしまいですよ」

「おしまいにならぬようにもっとネジを巻いたらどうなんだ」

「ネジを巻けと簡単におっしゃいますが、あいにくわたしたちは柱時計じゃないのでね」

だれかがぱちぱちと拍手をした。加美山重役は拍手の音のした方に向ってぎょろりと目を剝《む》いて、

「諸君、諸君の首の上に乗っかっているのは脳味噌のつまった頭かね、それともキャベツかね」

と吠《ほ》えたてた。

「もしも諸君の首の上に乗っかっているのが脳味噌のつまった頭なら、その脳味噌をすこし使ってみたらどうなんだ。世の中にあるのは不況の波をもろにかぶって四苦八苦の企業

ばかりではない。不況の波をけっこう小器用に乗り切っている企業もある。どうしてそっちへ目を向けないのかね。とにかく諸君の奮起を要望する」

加美山重役は靴で床を蹴ってくるりと椅子を半回転させておれに背を向けた。「不況の波をけっこう小器用に乗り切っている企業もある」だなんてずいぶんと呑気《のんき》なことをおっしゃる重役もあったものだ。そんなところがあったら教えてもらいたい。たいていの企業がひょろつきだしたからこの大不況なんじゃありませんか。机の上で週刊誌の「特別緊急企画・全国縦断就職大情報・大企業より有望で生き甲斐のある会社厳選百社」なんて記事ばかり読んでいるから、そういう脳天気なことが言ってられるんですよ。加美山重役のやや薄くなりかけた頭の天辺《てっぺん》に向って口の中でそう毒づき、回れ右してデスクから離れた。

オフィスの中央のドアへ歩くうちに、ドアの左横の壁に大きな東海道中双六《すごろく》絵が貼り出してあるのに気づいた。振り出しの江戸に「0円」、上《あが》りの京に「五千四百万円」と書き込んである。双六絵の上方には、

「九月にはどのセールスチームが、最初に京へ上るでしょうか。興味津々《しんしん》です。会長」

と大書してある。この双六絵はむろんセールスチームにやる気を出させるために会社が貼り出したものである。たとえばあるチームが百万の売上げをあげたとする。そうするとそのチームのニックネーム（おれたちなら「さそり」）を書き込んだ札が「品川」へひと

つ進む。二百万のビジネス・マシンを売れば、札はさらに二駅上りの京へ近づくという仕掛けで、月によって競馬であったり、自動車レースであったり、ときには猛獣狩であったりする。各チームの売上げ高を全員に明示し、それによって競争心を煽《あお》ろうというのなら、棒か線のグラフでも事が足ると思うが、この幼稚な士気鼓舞法は米国WCR本社からの指令なのでやめるわけには行かぬのである。ばかなはなしだ。

社の近くの、行きつけの喫茶店に入って行くと、岩田有子と川上節子が服飾雑誌を覗《のぞ》き込んで「このドレスはいいけどモデルの顔が悪い」だの、「ドレスもモデルもどっちもいかさない」だのと、勝手なことを言い合っているところだった。

「重役に尻を叩かれてきたよ」

二人の向い側に坐った。

「もっと脳味噌を使えだとさ」

「ご親切なご忠告ね」

岩田有子が肩をすくめて苦笑した。

「重役の叱言なんかかしこまって聞く必要ないわよ」

川上節子は服飾雑誌を勢いよく閉じた。

「ではやめさせていただきますって逆に脅かしてしまえばいいんだわ。おろおろしてすぐに引き止めにかかるわよ。だって若林さんぐらい腕の立つセールスマンがWCRにいて」

「たとえお世辞でも、そういっていただくとうれしいね、コーヒーをもう一杯飲んでいいよ。岩田くんもどうだい」

有子がうなずいてカウンターにコーヒーを三つ註文したとき、ドアが開いて高橋富之が入ってきた。

「どうも遅くなっちゃって。じつは昨夜《ゆうべ》、大学の同窓会がありましてね、したたか痛飲、おかげで今朝は二日酔い」

高橋はマスターに「トマトジュース」と小声でいった。

「でもね、チーフ、昨夜の同窓会でちょいと耳よりな話を聞き込みましてね、今日は頭痛がひどいから会社に出るのはよそうかなと思ったんですが、無理をして出勤してきたんですよ」

「耳よりな話というと儲け仕事かい」

「まあまあ、そうがっつかないで落ち着いて聞いてくださいよ。これから順を追って申しあげますから」

高橋は運ばれてきたトマトジュースをゆっくりとストローで吸い上げた。おれたちは砂糖を投《ほう》り込んだコーヒーを丁寧にかきまぜながら高橋が口を開くのを待った。

「大学時代、工藤というしょぼくれた野郎がおりましてね、いつもジャンパーを着たきり雀、大学の食堂で食うものはといったら素うどん一杯というしみったれたやつだったんですが、この工藤が昨夜はじつにパリッとした恰好で出席しているんですよ」

おれたちはコーヒーを舐《な》めつつ、高橋の小さな声に耳を傾けている。

「まず、やつは銀座の壱番館で仕立てた英国製布地の背広を着ていた。どうみても二十万はふんだくられたにちがいないっていう上物なんですよ。靴はイタリア製の手縫い。これだって、五、六万はする。ライターはダンヒルの金のドレスライター。正札で買えば十一万円だ。時計もきんきらきんの金のパティック。これなぞはぼくにはいったいいくらするものやら見当がつかない」

「気障《きざ》……」

有子は舶来煙草のイヴに二百五十円の使い捨てライターで火を点《つ》けた。イヴに使い捨ての安ライター、この組合せも相当に気障ではある。

「その工藤って人、石油でも掘り当てたの。それとも競馬で大穴を当てたのかな」

節子は左手の掌に仁丹をのせ、コーヒーを一口啜《すす》っては仁丹を一粒、ぷちっと噛みつぶす。なんだか知らないが、コーヒーを仁丹と共に飲むのが、いま、若い人たちの間で流行《はや》っているらしい。若い娘に仁丹、この組合せも気障といえば気障だ。

「この不景気な時代にどうしておまえのように上物ずくめでいられるのか、とやつにたずねた。そしたらやつが曰《いわ》く、これは学習塾ブームのおかげです、とさ」

「するとなにかい、やつは学習塾の経営者かなんかなのかい」

「正確には経営者ではありません。千葉県下の、ある学習塾チェーンの雇われ塾長なんですね。新昭和進学教室というのが千葉市にあるんですよ。昭和二十八年の開講といいますからなかなかの老舗《しにせ》です。この新昭和進学教室がこの数年来の学習塾ブームに乗って異常繁殖をとげた。いわばやつはそのおこぼれを頂戴しているわけです。えーと」

高橋は胸のポケットからマッチをとりだし、中箱を抜いてその裏を見た。マッチのラベルには漫画風なタッチで全裸の女が描いてあり、その女を取り囲んでまるく、「キャバレー大関チェーン・浅草店」という文字が刷《す》ってあった。

「なにかの参考にと思って、メモをしておいたんですが、まず、本部は千葉市の新昭和進学教室にあります。そして支部が市川、松戸、柏、野田、船橋、津田沼、習志野、佐倉、佐原、銚子、東金《とうがね》、茂原、勝浦、木更津、館山と十五カ所にある。生徒数が全部で約一万人です。平均月謝額は七千円ですから、月の水揚げが七千万円。そのほかに教材費とかテスト料とかさまざまな名目で生徒から金を絞り取りますから、まあ一億はかたい。よく聞くとチェーン店制なので教材は本部で一括して購入できる。テストにしたって本部で刷れば手間は一度で済む。有名な教育家たちが顧問や講師に名を連ねていますが、これも千葉市の本部の顧問や講師にすぎないのに、全チェーン店がその名前を利用できる。とまあこんなわけで、いってみれば仕込みが安くあがっている。その分、儲けは多い。まあ、札幌ラーメンのチェーン店制のようなものですね。材料を一括して作ってチェーン店におろす。一括ですから安くおろせる。いきおいラーメンの売価が安くなる。したがってチェーン店は繁昌する。繁昌すればするほど材料の仕込み費がまた安くなる。この戦略で競争店を蹴落してチェーン店をふやして行く。工藤という友人は市川の進学教室をまかせられて、付近の学習塾を軒並み食い荒している。これまでを約《つづ》めて言えば、教材、参考書などの一括調達による安い月謝が営業成績を急上昇させた。そしてそれが工藤の、英国製生地の背広やダンヒルのドレスライターやイタリア製手縫いの靴やパティックの金時計の生みの親になった、とこういうわけ。それに父兄からの貰い物もずいぶんと多いらしいんです」

「なるほど。きみが『耳よりの話を聞き込んできた』と意気込んでいた理由《わけ》がやっと呑み込めてきたよ。きみはその新昭和進学教室チェーンに、WCR情報検索機《セレクター》かなんかを売り込んだらどうでしょうというんだね」

「図星です」

高橋はうなずいた。

WCR情報検索機というのは、千枚のカードからある一枚をわずかの二秒で探し出すことができるというWCR自慢のマシンである。ここにひとりの生徒がいる。この生徒は今月分の月謝をすでに支払っただろうか、それともまだなのか。それを検索機に問えば、二秒で「YES」、「NO」が出てくるという仕掛け。また、今月分の月謝をまだ支払っていない者はだれとだれか。この答も瞬時に出てくる。それらの者のカードがぴょんと飛び出してくるのだ。もとより自動復帰装置が付いているから用が済めばカードはもとへ戻る。値段は一台八十四万円である。新昭和進学教室の十五カ所に備えつけさせることが出来れば千二百六十万円の売上げになる。本部へは加算機付読取情報検索機を押しつける手もある。マシンの原理は普通の情報検索機と同じであるが、セレクター本来の検索抽出作業と同時に、カードの上に記録された数を光学的読取装置によって確かめ、加算や減算を行ない、その計算結果を自動的に加算機に表示する能力が、これにはある。この加算機付読取情報検索機の値段が四百九十万円。しめて千七百万円以上の取引きになる。おれはエイハブ船長が波間に白鯨《モビイ・ディック》の背中をちらと見つけたときもかくやと思われるような高揚した気分になった。

「いい話を持ってきてくれたね、高橋君。この契約が取れたら、重役に話して、一パーセントのボーナスを貰えるようにしてあげるよ。一パーセントでも十七万円にはなる。銀座の壱番館とまでは行かなくとも、そのへんの洋服屋で上物の背広を一着や二着は誂《あつら》えられるぜ」

「いや、その二倍のボーナスはいただけるはずです」

高橋はにやりと笑った。

「この新昭和進学教室はべつに都内や千葉県下に、十二軒のトルコチェーンと八軒のキャバレーチェーンを持っている。トルコチェーンとキャバレーチェーンにもなにかマシンを買わせたらどうです。このマッチもじつはそのキャバレー大関チェーンの浅草店のやつです」

高橋は例のマッチの外箱をテーブルの中央に立てた。

「二次会はここでやったんですよ。工藤の口ききのおかげで二時間遊んで一人頭《あたま》六千円、ずいぶん安くあがった」

「三次会は新昭和進学教室の経営するトルコ風呂へ行ったんでしょ」

節子がぽんとテーブルを叩いた。マッチの外箱に描いてある全裸の女が仰向けにひっくりかえった。

「いやらしい」

「ほんと」

有子が相槌《あいづち》を打った。

「そんなに飢えているのなら、わたしや節ちゃんに打ち明けてくれればいいのに」

「打ち明ければ、なんとかなりますか」

「そうねえ。高橋君はわたしの弟のようなものだから、やはりその気にはなれないかもしれないな」

「なんだ、ばかばかしい。それならやっぱりトルコへ行く手だ」

「つまらないことをいってないで、おれにちょっと注目してくれないか」

坐り直して三人の顔をゆっくり見回した。

「相手は新昭和進学教室コンツェルン。右手で教育事業、左手でキャバレーやトルコの経営をやっているぐらいだから敵は相当にこすっからいと思っていい。うまく行くと三千万円ぐらいの売上げが期待できるだろうが、どうだい、ひとつ戦さを仕掛けてみるかね」

「ぶらぶら遊んでいるよりはいいじゃないの」

有子がうなずいた。

「それにマシンを売らなきゃたべられないもの」

「わたしこんなドレス着て、秋の原宿あたりを一日ふらふら歩いてみたいの」

節子は膝の上に乗せていた服飾雑誌をめくって、なかほどの頁を開き、おれの前に差し出した。赤い煉瓦塀《れんがべい》の前に、白いサテンのドレスを着たモデルが立っている。長い、そしてひろがった裾《すそ》が風に吹かれてか、わずかにめくれあがっている。なるほど節子なら似合うかもしれない。

「そのためには躰だって売りかねないわ」

「高橋君、きみはどうだ」

「工藤に逢って話をきいたときから戦さを仕掛けるつもりでした」

高橋はハンカチで口のまわりを拭きながら立ち上った。

「それで、やつに、いまちょっとニヒルな、ひねくれた男をリーダーに、出戻りの三十女と、お茶っぴいの女の子と組んである仕事をしているが、不況で仕事がうまくいっていないし、女どもが事ごとにおれをいびるのでやめたいと思っていると打ち明けたんです。そしたら工藤は、明日からでもいい、おれのところへ来いといってくれました。塾の先生が足りなくて困っているらしいんです。そういうわけで、ぼくはすでに新昭和進学教室市川支部の職員なんですよ。一週間後に連絡を入れます」

高橋が出ていってしばらくたってから、有子がぽつんといった。

「彼もプロになったわね」

同感だった。

2

一週間後の正午、市川の、私鉄の踏切のすぐ横にある「青笹」という連れ込み旅館で高橋と逢った。その日の午前中に、会社へ高橋から落ち合う場所を指定してきたのだ。「駅前の喫茶店でもいいじゃないか」といったのだが、彼は譲らなかった。

「なぜ、駅前の喫茶店じゃいけなかったのだね」

部屋に入ってきた高橋に挨拶がわりに訊くと、高橋は茶受けの最中《もなか》をむしゃむしゃやりながら、

「じつは危い山に踏み込んじゃいました」

と顔をしかめてみせた。

「下手に動いて連中に尻尾でも摑まれた日にゃ大事《おおごと》ですからね。それでここを指定したわけで」

「連中というと」

「いいですか、まずはじめに新昭和進学教室があったのではないんですね。これが重要なことなんです。新昭和進学教室の経営者は塾で金を儲け、しかるのちにキャバレーやトルコに進出したんじゃない。真相はその逆です、まず最初にキャバレーやトルコのチェーン

があり、そこで稼いだ利益を元手に教育産業に進出してきたんですよ」

「ぼくにはなんのことだかちっとものみこめないのだが」

「暴力団です」

窓の外の踏切の警報機が鳴り出した。

「新昭和進学教室のチェーンの経営者は暴力団なんです。関東友声会の田中捨吉、彼が会長。キャバレー大関チェーンも、トルコ大関チェーンもすべてその田中捨吉氏が経営しているんです」

窓ガラスがびりびり慄《ふる》え出し、間もなく轟然《ごうぜん》とグリーンの電車が窓を掠《かす》めて通り過ぎて行った。

(うまいところに連れ込み旅館を建てたものだ)

これであれば、いかなる嬌声、またいかなる喜悦声も電車の通過時を狙って発する限り、絶対に他人《ひと》に聞かれる心配はない。

「なにをにやにやしているんです」

高橋は怒っている。

「新昭和進学教室チェーンの経営者は暴力団であるというおそるべき事実をわたしは申し上げているんですよ。彼等は一昨年、千葉市の新昭和進学教室の経営者をいかさま賭博に引きずり込み、莫大な借金を背負わせ、そしてその借金のかたに新昭和進学教室を乗っ取ったんです。それまでの新昭和進学教室は老舗というだけが看板の、平凡な学習塾だった。それがこの二年のあいだに支部が十五。田中捨吉という大将は大した商才の持主らしい」

「しかし、なぜ、暴力団が教育事業に進出するつもりになったのだろうねえ」

「答一発電卓機《こたえいっぱつでんたくき》、儲かるからです」

高橋は「答一発電卓機」をコマーシャルソング風に歌った。

「不況下で物価高、これが暴力団にも反映して、実入りが悪くなった。しかも上部組織はこれまで以上にきびしく上納金を取り立ててくる。そこで彼等は今いちばん儲かっている産業、別にいえば不況知らずの産業である教育界に進出してきた。水が高きから低きへ流れる如く、これはごく自然の理《ことわり》ですよ。彼等は金が儲かるなら赤十字病院だって経営しますよ。それどころか金になるなら教会さえ建て兼ねない。一方、警察は、賭博やノミ行為などを厳重に取り締って、彼等の資金源を封じ込もうとしている。情況は彼等を半ば必然的に教育産業に向わせている。ひょっとしたらこれからは、暴力団の進学塾を経て東大を目ざす子どもたちが殖えてきそうですよ。まったく日本はこの先どうなるのでしょうね」

「一週間ばかり進学教室で子どもの勉強の相手をしたからって、教育者面《づら》をするなよ」

「はあ。どうもぼくは環境にすぐ馴染んでしまう性質《たち》で」

「その関東友声会の会長田中捨吉氏は、あがりをどこに納めているんだろうね。つまり、関東友声会の上部組織は何なのだい」

「それはよくわかりません。松田会とも、品川組とも、また末吉連合とも言われていますが、そこまでは摑《つか》んでいません。潜入してまだ一週間ですからね。ただ夕方六時になると、黒塗のキャデラックがその日の入金を集めにきますよ。新昭和進学教室チェーンの営業部長と称する、菅原文太みたいな感じの角刈りで黒メガネの男が、いつもそのキャデラックに乗っています。まあ、営業部長とは世を忍ぶ仮の姿、世が世ならおそらく関東友声会の若衆頭といったところじゃないのかな」

　また警報機が鳴り出した。

「田中捨吉氏についてなにか情報は」

「ありません。ただ、進学教室の掃除のおばさんにそれとなく田中捨吉氏のことをたずねてみたことがあるんですが、おばさんはそのとき、こう言っていました。『あたしゃ会長については何も知らん。ただ、会長のことをどうしても知りたいんなら、小岩大関の秀美におきき。あの娘《こ》は会長のフラワーガールだったはずだから、なにか知っているかもしれないよ』……」

電車が地響きをたてて通りすぎて行った。床柱に寄りかかり、その地響きを背中に感じながら、今夜はひとつその秀美という娘《こ》に逢ってみようと決心した。

「相手が暴力団であるということがわかったんだから、この戦さは退《ひ》きましょう」

高橋は腕時計にちらっと目を落し、

「暴力団にビジネスマシンは向きませんよ」

と立ち上った。

「それに彼等を欺してマシンを売りつけたりしたら後が怖い。十五分ぐらいで帰ります、といって出てきたので、ぼくはもう戻りますが、なんなら今夜中に進学教室の職員寮は出ますよ」

「せっかく摑んだ金のなる木じゃないか。もう一、二週、辛抱しろよ」

「ぼくはよした方がいいと思うがなあ」

高橋はぶつくさいいながら部屋を出て行った。

3

「青笹」では眠れなかった。五分置きぐらいに通過する電車の轟音で、眠りの国のとば口からそのたびに乱暴に連れ戻されてしまうのだ。そこで小岩へ出た。東映の封切館に入って二本立てを観てから焼肉で腹ごしらえをした。それから腹ごなしににんにくの匂いをぷんぷんさせながら駅の周辺をぐるぐる歩き廻り、こんどはサウナに入った。サウナの隣が洋画の二番館だった。三本立てだったので、そこを出たときには十時半になっていた。午後のぐるぐる歩きのときに見付けておいた小岩大関に大急ぎでとびこみ、ビールと秀美を一緒に註文した。

「いらっしゃい。わたし、秀美……」

気のない声で名乗りながら、秀美は小岩風にいきなりおれの膝の上に跨《また》がった。がりがりに痩《や》せていた。気味の悪いほど肌の色が白かった。

「まるで北欧の女性のようだね。もっとも、こっちは一度も北欧なぞ行ったことがないけどさ」

半分お世辞で賞《ほ》めると、

「そう。わたし、秋田の産だから色が白いのかもね」

また、気のない返事をして、秀美はこっちの膝に跨ったまま、左手でテーブルの上のコップにビールを注ぎ、右手をうしろに廻しておれのズボンのチャックをいきなり引きおろそうとした。

「ちょ、ちょっと待った」

「お上品ぶってると損するわよ」

秀美が横顔を見せている。形のいい鼻をしていた。眼は切れ長である。太陽の光線のもとでたしかめないうちは確実な保証はできないが、相当の美人だ。ただし頬がすこし削《そ》げ落ちていて険しい感じがしないでもないが。

「べつにお金をいただくつもりはないんだから、いいじゃないのさ」

喋り方に癖があった。なんとなく土くさいのだ。やはりこれは秋田の出だからか。

「サービスなの。だからまた指名してね」

「い、いや、お上品ぶっているわけじゃないんだ。せっかくだから、同じことを誰もいないところでしてもらおうと思ってね」

「あら、あんた、わたしを口説いているわけ」

秀美はおれの膝を降り、左横に坐った。ただし右手は依然としておれの股間に残したままである。

「で、いつ逢いたいっていうの」

「むろん、今夜だ。先約でもあるの」

「べつに」

「では、頼む」

「いいわ。でも、わたしの値段、ちょっと高いわよ」

「あんたほどの美人だ。覚悟はしているさ」

ＷＣＲのセールスマンは、売上の二パーセントまでは無条件で工作費として使える仕組みになっている。関東友声会の田中捨吉氏に売り込もうと思っているマシンは、ＷＣＲ情報検索機が三十台として二千五百二十万円。それに、本部用に、と押しつけるつもりの加算機付読取情報検索機が四百九十万円、総額は三千万円を超す。したがって三千万円の二パーセントにあたる六十万円は自由に使える寸法になる。そこで大きく出てみた。

「十万でどうかね」

秀美は目をまるくした。

「あたしに十万……」

「そうさ」

ポケットから札入れを出すと、おれは一万円札を五枚抜き出して、秀美の右手に握らせた。

「手付けにまず五万。残りの五万はあんたが来てくれたときに渡そう」

「どこへ行けばいいの」

秀美は五枚の札を小さく畳んで胸の谷間に押し込んだ。

「あなたのアパートはどこ」

「アパートはよそう。市川の京成真間《まま》駅の近くに青笹という旅館があるんだが、そこで待っている。ここからなら十分とかからない」

「青笹なら知ってる」

「この浮気者め」

一万円札をもう一枚抜き出して、秀美の膝の上にそっとのせた。

「このテーブルの会計はそれで足りると思うがどうだろう。もしも釣があったら、あんたがとっといてくれ」

キャバレー大関を出て、車で青笹へ戻った。こんどの部屋は二階だった。ひと風呂浴びて卓子の前に坐り、一万円札を五枚並べて考えた。

三千万円のマシンを売るために、二パーセントの六十万円を工作費として使うことができる。そこでおれは秀美という女にすでに五万渡し、これからまた五万渡そうとしている。別にキャバレーの会計料として一万支出し、この青笹の宿泊料も前後二回で一万近くぶっ飛んでいる。しめて十二万円の支出だ。この支出はすべて田中捨吉という男についての情報を得るためのものだが、もしこの男にマシンを売りつけることができなかったときはどうなるか。会社に対しておれが十二万円の借金をすることになる。もちろん自分の財布から工作費を出しておき、契約成立時に契約高の二パーセントを会社に請求するというのが定法だが、なかなかそうはいかない。知っているセールスマンにこんなやつがいた。ある企業から五千万円相当のマシンの引き合いがあった。さっそく相手のところへ参上するとすぐにでも契約してくれそうな雰囲気。やつはすっかりうれしくなり、それ台湾へ招待ゴルフ旅行だ、やれ浅草の待合で芸者遊びだ、と百万ばかり工作費を使った。ところがいざ契約というときになってどんでん返し。他社のセールスマンに契約を奪《と》られてしまい、工作費の百万はやつ個人の借金となって残った。やつはそれを苦にして蒸発。以来、半年になるがまだ行方がわからない。

十二万の支出はそれにくらべればどうってことはない。がしかし、工作費に手をつけた以上は、どうあっても三千万円の契約書に田中捨吉の判をもらわなくてはならない。いや、「もらう」ではまだ生易《なまやさ》しい。断じてもぎ取るのだ。そのためには秀美にしつっこく食いさがる必要がある。田中捨吉とはどんな男なのか。弱点はどこにあるのか。どこにどんな餌を仕掛ければ喰いついてくるのか、そこを突きとめなければならない。それができなければ一万円札十二枚、溝《どぶ》に捨てたも同じことになる。

踏切の警報機の鳴るのが次第に間遠《まどお》になった。終電の通るのももう間もなくだろう。

「お連れさんがお見えですよ」

青笹のおかみさんのがらがら声と共に襖《ふすま》が開いた。

「や、それはそれは」

腰を浮かしかけたとき、おかみさんを押しのけるようにして秀美が部屋へ入ってきた。入ってきた、という表現はもしかすると正確ではないかもしれない。倒れ込んできたの方が正確か。秀美は入口近くの板の間に両手を突き立ててしばらく肩で息をしていたが、やがてよろよろと立ち上ると浴室のドアを乱暴に引き、ハンドバッグを抱えるようにして内《な》部《か》へ駆け込んだ。そのとき振り乱した髪の間から秀美の顔がちらっと見えたが、その顔はまるで泥でも塗ったように土気色を呈していた。

「吐くぐらいなら酒など飲まなきゃいいのに。きっと胃でも悪くしているんだよ」

おかみさんは舌打ちをして、おれを見た。

「それにくらべると、お客さんは元気ですね」

「ど、どういう意味です」

「だってそうじゃありませんか。昼間は男を引っぱり込み、同じ日の夜には女……。丈夫でなきゃそんな離れ業、できやしないでしょ」

「い、いや、昼の男は、あれはその……」

「ま、どうでもいいけどあんまり大きな声を立てないようにしてくださいよ。だんだんと電車が通らなくなる。そうするともう、あのときの声を電車の音でごまかすことができなくなりますからね」

おかみさんは悪態を放って襖を閉めた。

「ごめんなさい」

おかみさんと入れかわって浴室から秀美が出てきた。ついさっきとは別人のような落ち着いた表情である。顔色はあいかわらず冴《さ》えないが、それでも頬のあたりにかすかに赤味がさしてきている。

「吐いたのかい」

卓子の上に並べて二個の湯吞に茶を注ぎながら訊いてみた。

「まあね」

秀美は曖昧《あいまい》な返事をした。

「お茶でも飲みますか」

「ありがとう」

「ついでに、その五万円も取っておきなさいよ」

「たすかるわ」

秀美は五枚の一万円札をハンドバッグに仕舞った。

「ずいぶん待ったでしょう。いますぐあたしを抱きますか」

「いや、すこし話がしたい」

「どんな話」

「田中捨吉氏についての四方山《よもやま》ばなしさ」

痩せて尖《とが》った秀美の肩先がぴくりと震えたようだ。

「きみは田中捨吉氏のフラワーガールだったそうだね。フラワーガールってなんだい」

「あなた、警察のひとなの」

秀美はハンドバッグを胸に抱いて硬い表情になった。

「もしかしたら、刑事さん」

「まさか。刑事が訊問代に十万も払うものか」

「それはそうね」

秀美の頰が緩んだ。

「でも、あなただれよ」

「田中捨吉氏に個人的な興味を持っている人間、ただそれだけのこと」

「じゃあ、作家かなんかなの。これ、取材ですか」

「作家でもない。がそんなことはどうでもいいじゃないか。田中捨吉氏にあなたのことを、小岩大関の秀美という女がかくかくしかじかと喋っておりました、と告げ口するつもりもないし、とにかく秘密は守る。だから教えておくれよ」

「信用するわ、あなたのことを。あの人は女好きよ」

「あんまり参考にはならないな。たいていの男は女が好きだもの」

「それが並大抵じゃないのよ。自分のまわりにいる女で、ちょっと垢抜《あか》けたのがいるとたちまち自分のものにしてしまう」

「どうも漠然としているなあ。もっと具体的にはなしてくれないか」

「あの人はトルコチェーンを持っている」

秀美は立って板の間へ出てつくりつけの小さな衣裳戸棚の戸を開けた。宿の浴衣に着替えるつもりらしかった。

「あの人はトルコ娘の採用面接のときに、どんなに忙しくてもきっと立ち会うのよね」

「商売熱心なんだな」

「そうじゃないのよ」

秀美はワンピースの上から浴衣を羽織った。そしてその浴衣でたくみに躰を隠しながら、ワンピースやシミーズを脱いでいく。

「いい娘《こ》がいたらさっそく唾《つば》をつけよう、というつもりで立ち会っているのよ。いい娘《こ》がいるとあの人はきっとこう叫ぶ。『きみはトルコ嬢になるよりも、わしの秘書になった方がいい』……。たいていの娘《こ》は、大よろこびであの人の秘書になる」

「べつに悪いはなしじゃないじゃないか」

「ところが、その秘書の仕事の内容といえば、じつはエロサービス」

秀美はパンティまで脱いだようだった。

「社長室のドアに鍵をかけ、秘書に躰中を揉ませるの。特に例の突起物は念入りに、ね」

「羨《うらや》ましいようなはなしだな」

「この期間のあの人はとても親切なの。お小遣いはくれる、ドレスは買ってくれる、なにをいってもにこにこしちゃって、三百名の団員を持つ暴力団の大ボスだなんてとても思えない。そうするうちに、ある日、あの男は秘書に挑みかかる。あの男は秘書を自分のものにするとがらりと態度を変える」

「男はたいていそうさ」

「ところがあの男は、たいていの男がやりそうもないことをやるの」

秀美がおれの方を向いた。肩に羽織った浴衣の前が大きく開いて、秀美の白い裸身がはっきりと見えた。肋骨の浮き出た胸に、踏みつけた甘食《あましょく》のような、平べったい乳房が並んでいた。右手を繁みの上に乗せているので、税関で黒く塗りつぶされた舶来のヌード写真を眺めているような感じである。ただ、舶来の黒塗りのヌード写真と大いに趣きがちがうのは、彼女の股間だった。押えた右手のまわりから、入墨の、牡丹《ぼたん》の花のはなびらがはみ出しているのだ。

「あの最中、ここを手で押えているわけにもいかないから見せちゃうけど、あの男は、ものにした女の股に、牡丹の花の入墨を彫らせるのが趣味なのよ」

秀美はそっと右手を離した。こんどこそ無修整、無検閲のヌードになった。繁みをしげしげと見てうーむと唸った。女体の花芯と牡丹の花の芯とが兼用になっている。

「これを彫るのに二ヵ月はかかるけど、その期間、あのけだものは、夜となく昼となく仕掛けてくるのよ。つまり、その二ヵ月間は、入墨の針とあのけだものの毛槍でちくちく突つかれ通しってわけね」

「さ、さぞ、痛いだろうねえ」

「痛いなんてもんじゃないわ。死ぬ苦しみよ」

秀美は浴衣の前を合せ、卓子の前に戻った。

「ひいひい痛がって泣く女を抱くのがあのけだものの生き甲斐なのね」

いつの間にか、呼び方が「あのひと」から「あの男」へ、「あの男」から「あのけだもの」へと下落している。秀美は田中捨吉を恨んでいるようだ。

「なぜ、田中捨吉氏は自分の女の股に入墨なんか彫らせたがるのだろう。そしてなぜ、痛がる女を抱くのがそんなに嬉しいのだろう」

「どうも復讐ということらしいわね」

「復讐だと」

「ある組の若衆頭をしていたころ、あいつ、組長のおかみさんに惚《ほ》れちまったんだって。その組長のおかみさんが悪戯者で、おもしろ半分に、あいつに『好きよ』なんていっちゃったのを、あのバカ、本気にしちゃったわけなのね。で、ある夜のこと、あのバカ、とうとうおかみさんに夜這いをかけた。おかみさんは、からかっていただけでもちろん本気であのバカを好いちゃいなかったから、『あれーッ！　捨吉がいやらしいことをするよーッ！』と騒ぎ立てた。たちまち、組長が目をさまし、あのバカを叩き出しちまった。もちろん、指をつめさせた上で、ね。ところで、そのおかみさんがじつは股の間に牡丹の入墨をしていたの」

「なるほど。自分を玩具にした女への復讐か」

「そういうわけ。あのバカは、入墨が仕上って、女が痛がらなくなると、とたんに飽きてしまう。そして女を、キャバレーに払い下げて、次の秘書さがし」

「しかし、おかしいな」

「入墨をされる前になぜ逃げ出さないのだろう。それから、キャバレーに払い下げられる前に、どうして、他所《ほか》へ行っちまわないのだい」

「それがねえ、あのバカからは逃げられない仕組みになっているのよ」

秀美は膝の上に目を落して深い溜息を吐いた。

「組員たちが執念深くつけまわすとでもいうのかい」

「それもあるわ。でも、組員たちよりももっと」

「もっと、なんだい」

「もういいじゃない、あのバカのことは……」

秀美は足で卓子を傍へどかし両膝を開いた。膝の奥の薄暗いところに例の牡丹が咲いている。

「それよりもさ、十万円分のお返しをしなくっちゃ。ねえ」

おれはうなずいて、電燈の紐を引き、蜜蜂になったような気分で、秀美に近づいていった。なぜ、蜜蜂のような気分になっていたかといえば、牡丹の花の花芯に口をつけて、蜜を吸おうとしていたから蜜蜂なのだ。

4

あくる日の午前、社の近くのいつもの喫茶店で、岩田有子と川上節子に、前の日の夜、秀美から聞き出した田中捨吉についての情報を披露《ひろう》した。もちろん、秀美の花芯のくわしい描写は避けたが。

「つまり、チーフは、わたしたちのどちらかが大関トルコチェーンのトルコ嬢に応募してほしい、といいたいんじゃないの」

チームの副将格、そしておれの女房役だけあってさすがに有子はわかりが早い。

「そして、田中捨吉氏の秘書に抜擢《ばってき》してもらいなさいってわけね」

「田中捨吉氏は、秘書がなびくまでは、なんでも言うことを聞いてくれるらしい。そこで、『会長さんと他人でない関係になる前にぜひ、わたしの兄に逢って』と持ちかける。『兄は事務用機械のセールスをしているんですけど、不況で契約が取れずに困っています。買ってほしい、とはいいません。ただ、兄と逢うだけは逢ってください』と鼻声でこう頼み込む。あとはおれに委《まか》しとけ。口に油を塗ってマシンの効能を喋り立てる。それでやつが、買ってもいいがどうしようかな、と考えだしたら、『兄と契約してあげて。契約してくださったら、わたしのすべてはあなたのものよ』とまた悩ましく迫る。契約が終ったらこっちのもの、すたこらさっさと逃げ出すさ。あとは例によってWCRおかかえの弁護士たちが契約書を楯にマシンの取付を実施する」

「こんどの作戦はわりかし古典的ね。女の手練手管で引っかけないの」

「大トリック、そして大詐術さ。女の手練手管が大詐術でないわけないじゃないか。裏からは女の手練手管で引っかけ、表からはマシンの効能をまくしたてて迫る。陸海空の大協同作戦なんだ」

「さて、ここで田中捨吉氏の立場に立ってみる必要があるわね」

「というと」

「田中捨吉氏はわたしと節ちゃんのどっちに食指を動かすか。つまりね、どっちのあ、あそこに牡丹の花を彫っちゃいたいと思うかしら」

「そりゃ有子さんよ」

節子がいった。

「だって、有子さんの方が美人だし、肌は白いし……」

「ううん、やはり節ちゃんの若さに軍配があがるでしょうね。悲しいことだけどわたしは三十三歳の姥桜《うばざくら》、せっかく牡丹を彫っていただいてもあのへんに小皺《こじわ》が多くて花びらが皺々になっちゃうわ」

「そんなことないわよ。このあいだ、有子さんと女性サウナに行ったとき、わたし、ちらっと見ちゃったんだもの。つるつるすべすべして、白く輝いていたみたい」

「いいえね、節ちゃん、わたしべつに田中捨吉氏にエロサービスするのがいやで、あなたの若さを称《たた》えようとしているわけじゃないのよ。客観的に見て、どちらが入墨の素材として適《む》いているかという問題なのよ、これ」

「でも、わたしには色気というものがやはり欠けているんです。ですから、田中捨吉氏がその気になってくれるかどうか自信がないんだな。チーフはどう思う」

「きみたちの裸を拝んだことがないので、よくはわからん。しかし、おれはきみたち二人に大関トルコチェーンのトルコ嬢を志願してもらうつもりなんだ。下手な鉄砲も数打ちゃなんとやらで、ひとりよりもふたりの方が確率が高いことはたしかだからね。あとは田中捨吉氏の美的判断にまかせるさ。さて、どうします」

「どうしますっていうと……」

有子と節子が異口同音に訊いた。

「考え直すなら今のうちだよ。こいつは、腹を空《す》かせたライオンの檻《おり》の中へ調味料を携えて入るよりも危険な仕事だ。下手をすると田中捨吉氏の餌食になってしまう。つまり、古くさい表現でいえば、貞操を踏みにじられるおそれがある。それどころか、これはまた古風な表現をかりると、一生、お嫁に行けない躰にされてしまう心配がある。だからよく考えてほしい。無理をすることはない。行きたければ行く。行きたくなければよす」

「おや。いつも、『マシンを売るためなら魂だって売る』と言ってたチーフらしくもないことばだこと」

有子は煙草の煙をぷーっとおれの顔に吹きかけた。

「それからチーフは『マシンを売るためだったら殺人以外のことはどんなことでもやる』ともいってたでしょう。わたしはね、チーフ、ほとんどあなたと同じ意見なの」

「わたしもぜひとも行く」

節子のいい方にも断々乎《だんだんこ》とした力が籠《こも》っている。

「たとえお嫁に行けない躰になっても、そのときは婿を取りますから大丈夫」

「よし。それでは女丈夫たちよ」

思わず芝居がかった口調になった。

「商戦の庭へ赴くがいい。二人の上に商業の神《マーキュリー》の御加護のあらんことを」

「でもね、チーフ」

節子がいった。

「田中捨吉氏が有子さんにもわたしにも『秘書におなんなさい』と、声を掛けてくれなかったらどうします」

「そのままトルコ嬢になるなり、すぐ戻ってくるなり、好きなようにするさ。ただし、鼻からぶらさげた『わたしたちは美人でござーい』という看板はすぐにもおろすことだ」

有子と節子は顔を見合せてぷっと吹き出し、手を繋《つな》いで喫茶店を出て行った。そして午後おそく、有子がひとりで社へ戻ってきて、

「田中捨吉氏はやはり若さを選んだわ。一目で節ちゃんに夢中になったみたいだった」

と、ハンドバッグを投げ出すようにデスクの上に置いた。

あくる日の午後、節子から電話が入った。千葉市の栄町の大関ビルが田中捨吉氏のオフィスで、そのビルの五階の会長室で彼女は捨吉氏の肩を三十分ばかり揉《も》ませられたという。

そのまたあくる日、節子から連絡が届いた。会長室の隣に会長専用の個人サウナバスがあって、そのサウナバスの休憩室で節子は田中捨吉氏の上半身をバスタオルの上から揉ませられたそうだ。なお、捨吉氏は節子を千葉市の高級洋装店へ連れて行った様子だ。きっと節子はいつかの服飾雑誌に載っていたサテンのドレスでもねだったのだろう。

そのまたあくる日のあくる日、いや、煩瑣《はんさ》に過ぎるから、節子からの連絡の詳細をいちいちここに記すのはよそう。ただ、田中捨吉氏の野心が日一日と露《あらわ》となり、節子に躰を揉ませる際、彼女の手を握って、己が突起物へと導こうとする動作が露骨になっていったこ

と、それに比例して、捨吉氏の節子への贈物の金額が上昇していったことを記録するにとどめておこう。

節子から、田中捨吉氏が兄さん——とはつまりおれのことだ——と逢ってもいいといっているという連絡が入ったのは、高校野球の決勝戦をオフィスのテレビで観ているときだった。

「とうとう触らせられちゃった」

電話の向うから節子が唾でも吐き出すような口調で言ってよこした。

「それと引きかえにチーフと逢うことを約束させたってわけだけど」

「よくやったね」

平凡といえば平凡だが、咄嗟《とっさ》にはこれぐらいのねぎらいのことばしか思いつかなかった。

「あれ、まるで髭の生えた鱈子《たらこ》ね。ぐにゃっとしてて薄っ気味が悪かった」

「ぐにゃっとしてない場合もあるのだが、それはとにかく、たいへんな殊勲甲だった。世界セールス史に残る壮挙だ」

「とにかく、四時までに来て」

節子は電話の向うで欠伸《あくび》をしていた。

「どうした、ずいぶん元気がないみたいじゃないか」

「なんでもない……」

節子の口調はなんとなくいつかの秀美のそれと似ているようだった。ものうく、気のない、単調な喋り方なのだ。

「大丈夫かい」

「あーあ」

節子がまた欠伸をする気配がして電話が切れた。市川の新昭和進学教室へ電話をして高橋を呼び出して、市川駅のホームで落ち合うことを決めると、さっそくオフィスをとび出した。

おれと高橋が千葉市栄町の大関ビル五階の会長室に通されたとき、会長室のテレビも桜美林＝ＰＬ学園との決勝戦を実況中継中だった。テレビの前、絨毯《じゅうたん》の上に直接《じか》にあぐらをかき、罐ビールをあおっていた短軀肥満の赭《あか》ら顔の男が、ぴょんと立って、

「これでもう決まった。桜美林のサヨナラ勝ちだ」

とテレビを消し、デスクの向うにまわって椅子の上にのけぞるようにしてふんぞりかえった。

「節子の兄さんはどっちだい」

「わたくしでございます」

デスクの上に名刺を置いた。

「妹がどうもお世話になっております。あれは晩生《おくて》な娘《こ》でして、どうかお手やわらかに」

「そっちの男は何者だい」

捨吉氏は高橋の方へ顎をしゃくった。

「高橋富之と申します。市川の新昭和進学教室の職員で」

「するとわしん会社《とこ》の人間じゃないか」

捨吉氏は高橋を睨みつけた。目付きは炯々《けいけい》として鋭く、声にはドスがきいている。たとえは悪いが、猪首《いくび》の上に豚の顔を乗せ、鷹の目と、凄《すご》んだときの三波伸介の声をつけ加えたような男である。

「じつは高橋くんは、わたしの部下なのでして」

高橋にかわって答えた。

「新昭和進学教室の事務システムを研究させる目的で市川教室に勤めさせました。その結果、これから申し上げるようなプランで事務革命をお計りになればよろしいのではないかと」

「革命だと。革命は断わる」

暴力団の頭目だけあって捨吉氏は左翼風の用語は嫌いなようである。

「では、事務の革新と申し上げましょう。いや、それより事務の維新がいいかな」

「おう、維新ならよろしい」

捨吉氏はたちまち機嫌を直した。その上機嫌につけ込んで、事務維新が大きな目で見ると企業体にどれだけ利益をもたらすものなのか、実例（といってもかなり水増しの）をあげて説明した。その間隙《かんげき》を縫って、高橋が新昭和進学教室チェーンの事務処理能力がいかに低劣であるかを、実例（といってもかなりふくらし粉を混ぜた）を列挙して補足した。

「会長、WCRの情報検索機の耐久年数は二十年でございます。八十四万円を二十で割りますと、わずかの四万二千円。つまり、事務員ひとり分の働きを年俸四万二千円でやってのけてくれるわけで……」

「というけれどもだね、若林君、おれぐらいになるとだね、あっちこっちに義理がある。つまり、義理や恩返しで人間を雇わにゃならんことが、ままあるのね。だから、無駄を承知で雇うわけさ。で、雇えば義理が立つ。したがって、結局は無駄じゃないのよね。この三段論法、至極明快だろう」

論にもなにもなっていないと思ったが、それはむろん口には出さず、

「失礼ですが、会長は内輪《うちわ》の、身内のことしかお考えになっておりませんね」

やんわり反論した。

「もうすこし、お客の方の立場にお立ちになりませんと、いずれ商売には秋風が立つようになります。たとえば進学教室の場合を例にとってみましょう。息子を東京大学に入れようと考えて進学教室に通わせている親がある。この親がなにかのついでに進学教室の前を通りかかり、ふと『あ、うちの息子の月謝、今月分はもう払ってあるのかしら』なんてことが気になって、進学教室の窓口に寄る。そして訊きます。『東大に合格するためにまず有名中学を突破しよう科の田中捨吉の母親ですけれど、うちの捨吉の月謝、今月分はもう払いましたでしょうか』。現在の新昭和進学教室の事務処理能力では……」

「事務員がカード棚へ行くのに五秒。それから『タ……、タ……、タの部。タの部のタナカさん。いやあ、田中って名前はどうも多いなあ。ステキチ、ステキチ、ステキチ……、あ、ありました』なんちゃって、カードを探し当てるのに二十秒から三十秒はかかります」

高橋が傍から実演入りで傍証を挿入してくれた。

「つまりカードを探して答を出すまでに三十秒は必要です。ところがWCRの情報検索機ですと、たとえば田中捨吉を『S・T』と読みかえるのに一秒。長いピンを『S』穴と、『T』穴に刺し通すのに四秒。五秒目には『S・T』のカードが五、六枚、ぴょんと飛び出してくる。その中から田中捨吉さんのを選ぶのに二秒か三秒。つまり七秒か八秒で『田中捨吉さんはきちんと月謝を払ってくださっています。ほほう、捨吉さん、このところぐんぐんと成績が上っていますね。これなら、たいていの中学は楽に通りますよ』なんてことが答えられます。しかも、この情報検索機は、ええとここに型録《カタログ》がございますが、蜜柑箱ほどの大きさで、デザインが洒落《しゃれ》ておりますから、窓口のカウンターにも置いとくことができます。田中捨吉くんのお母さんは『打てばひびくように答えてくれたわ』と、そりゃもう感心なさいますよ。『あの素早さ、あの正確さがきっと授業にも出ているにちがいないのだわ。なんて素敵な進学教室でしょ』……」

「そ、そんなものかねえ」

「ええ、そういう小さなところがじつは勝負なんでございますね。となると小さいように見えてじつは大きいんです。べつの言い方をしますと、情報検索機は一種の勲章で」

「勲章……」

「はい。さらにいえば、象徴です。正確、迅速、能率、優秀、エリート、明朗、快活……、そういった抽象概念の具象です。菊の花を見て天皇陛下……気を付けっ」

椅子にふんぞりかえって鼻糞をほじくり出していた田中捨吉氏はおれの号令に仰天して立ち上り、不動の姿勢をとった。

「天皇陛下のことを頭に泛《うか》べない日本人はおりません。休め」

田中捨吉氏はまだ呆然《ぼうぜん》としておれの顔を見つめている。

「それと同様に、WCRの情報検索機を見て、正確、迅速、能率、優秀、エリート、明朗、快活などのことばを頭に思い泛べない人間はおりません。会長、いかがでしょう。WCRの情報検索機を置いたとたん、それだけで『事務室』が『オフィス』に生れかわるのですよ」

「うーん、なかなかおもしろかったぞ」

田中捨吉氏は両手の掌をタオルがわりにして顔を撫でまわした。いつか秀美がいっていたように、捨吉氏の左手から小指が欠落していた。

「しかし、なにせ、何千万からの買物だ。半月ばかり考える時間を呉れないかね」

「けっこうでございますとも」

おれがうなずいたとき、ドアが開いて、女事務員がお茶を持って入ってきた。あきらかに水商売上りの、ちょいといける年増だった。ただ、どこか気だるそうで、そのへんは秀美と似ていた。眼には死魚のそれのように輝きがなかった。この女事務員も、ひょっとしたら田中捨吉氏のフラワーガールズの一人か。

「ときに会長、妹はどうしておりましょうか」

「うむ。ぼちぼちやっとるようだよ。もっとも今日は早引《はやび》けをしておるがね」

「うわははは」

「早引……」

「なんとなく頭が重いそうだ。きっと今日はあの日なんじゃないかしらねえ。

田中捨吉氏は、再び椅子にふんぞりかえりデスクの上に足を載せ、下卑た笑い声をあげた。

「なんとなく頭が重い」など嘘にきまってると思った。毛の生えた鱈子に当って気分が悪くなったにちがいない。

5

さらに一週間経った。その間《かん》、田中捨吉氏からも、そしてまた節子からも連絡はなかった。はじめの数日は、便りのないのはよい便りなどと自分にいいきかせ、騒ぎ立つ胸をなだめていたが、そのうちどうにもたまらなくなり、六日目の朝、オフィスに出るとすぐ電話の前に坐った。そして手帖をめくって大関ビルの電話番号を調べていると、電話の方が先に鳴り出した。

「もしもし、若林文雄さんのデスクですか」

受話器から聞えてきたのは、若い、きびきびした男声である。

「わたしは松戸市の三誠会病院の医師で、佐藤という者ですが、じつは川上節子さんから頼まれましてね」

「川上節子から」

一瞬、心臓がきゅんと跳びあがったような気がした。節子の身の上になにか起ったのだろうか。

「か、か、川上君がどうかしたのでしょうか」

「今朝の五時ごろ、病院の裏庭に小さくなって蹲踞《しゃがん》でぶるぶる震えているところを夜勤の看護婦が発見しましてね、いまはうちに入院しておられます。十時になったら、あなたに電話してほしい、それまではなにもいわずにかくまっていてください、とこう彼女がいっておりましたのでね、その通りにしたわけですが」

「怪我かなんかしているのでしょうか」

「怪我や病気ではありません。初期のシャブ中です」

「しゃぶちゅう……」

「あ、失礼、シャブ中はわれわれの仲間の隠語のようなもので、普通には覚醒《かくせい》剤中毒患者のことです」

いつか電話の向うで節子が生欠伸をしたり、気のないしゃべり方をしたりしていたことを思い出した。するとあのとき節子はすでに「白い粉末《こな》」に汚染していたのか。また小岩大関の秀美という秋田美人と節子の喋り方がなんとなく似ていたことも思い出していた。秀美も覚醒剤中毒患者だったのだ。青笹へやってきた秀美が、まず浴室へ駆け込んだ理由もこれではっきりした。あの後、秀美は急に元気になって浴室から出て来、全裸になって牡丹の入墨を見せてくれたが、彼女はたぶん浴室で注射を打ったのだろう。そして白い薬のおかげで高揚し、彼女は股間に咲いた妖《あや》しい牡丹の花をはっきりとおれに見せてくれたのだ。

「もしもし」

「は、はい」

「そういうわけですから、すぐにこちらへお越しいただきたいのです。正式に入院の手続きもしてもらわなくてはなりませんし」

「すぐまいります」

電話を切るとおれはオフィスを走り出た。

三誠会病院は、松戸市と市川市に跨ってひろがる松林の中に建っていた。クリーム色の壁に緑色の屋根の六階建のビルで、一見マンション風である。窓には緑色に塗った鉄製の柵が取り付けてあって、とても洒落ている。もっともあとで聞いたところでは、この鉄柵は建物に洒落た感じを与えるのが目的で取り付けられているのではないようだった。これには患者さんの飛び降り自殺を防ぐ役目があるという。節子の病室は五階にあった。おれたちが入って行くと節子は天井へ向けていた目をゆっくりとこっちへ移し、かすかに笑いかけてきた。

「心配しないで」

蚊のなくような声だった。

「もうだいぶいいのだから」

どう慰めていいのかわからなかった。節子の枕許に並んでひざまずきだまって彼女の尖った頬骨を見つめていた。

「そうそ」

節子はのろのろと両手を上へ引きあげて、左右の耳から、小さくまるめた紙切れを抜きとった。

「この二枚の紙切れが、この騒動の因《もと》……」

節子が小さな声で途切れ途切れに語ったところをまとめると次の如くになる。節子が田中捨吉氏の秘書になった最初の日、彼女はすっかり緊張し切ってしまい、そのせいで午後になって気分が悪くなった。そのことを捨吉氏に告げると、やつは待ち構えていたように「疲れがすぱっととれる薬がある」と言い、あっという間に、節子の左腕に注射針を刺した。刺されたとたん「躰中の毛が一本のこらず逆立つようなすごい悪寒に襲われたけれど、それは一瞬のこと、たちまち、頭がすっきりし、躰がとても軽くなり、自分が世界で一番仕合せな娘のように思われてきちゃった」そうである。むろん注射器の中身が覚醒剤だったことはいうまでもない。あくる日の夕方、ふっと気が滅入《めい》ってしまい、なにもかもいや、という気分に陥ったので、また注射を打ってもらったそうで、やがてこれが毎日の行事になった。そして、捨吉氏が逢ってくれるそうよ、とおれに電話をくれた日がやってきた。捨吉氏がサウナに入っている間に、おれに電話をし、次にデスクの上を整理しようとしたら、デスクの上に『関東友声会大関商事』という名入りのメモ用紙が載っていた。なに気なくそのメモを読んで節子は愕然となった。明らかに捨吉氏の筆蹟とわかる金釘流で、こう書いてあったからである。

「白い粉七月仕入れ先。オーストラリア、ロバート・ポッツ氏。二十五グラム、百万円。これにブドウ糖、カルキ、ナフタリン、ショウノウを混ぜて、量を三、四倍に水増しして、一グラム四十万でファンに売ること。九百万の利益」

節子はここではじめて自分の左腕に捨吉が毎日打ってくれているのが覚醒剤だったとい

うことに気がつき、「逃げ出そう」と思った。咄嗟の機転でメモをふたつに破いて耳にねじ込み、会長室を出ようとしたとき、サウナから捨吉が出てきた。捨吉はメモが破りとられているのに気づき、子分に命じて節子を市川市の国府台《こうのだい》にある新昭和進学教室チェーンの教材倉庫に軟禁し、八日間にわたって、「メモをどこに隠したか言え」と彼女を責め立てた。このままではしまいに殺されてしまうと思い、節子は今朝未明、張り番の子分が眠ったところを狙って右足で思い切り睾丸を踏みつぶし、鍵を奪って外へとびだした。

「ずいぶんつらい目にあったなあ」

節子の泥で汚れた髪をなでてやった。

「この仇《かたき》はきっととってやるぜ」

「いちばん辛かったのは、連中が、メモはどこへやった、それをいえば一本、打ってやるぜ、と言って白い粉《こな》末を見せびらかしたとき。何回も、いや何十回も降参しようかと思ったわ」

「よく辛抱したねえ」

「チーフ……、わたし、男のひとのものに触ったり、踏みつぶしたり、それから、覚醒剤中毒患者になりかかったり、なんだかひどい女になっちゃった。これじゃお嫁に行けないわね」

「行けるさ」

とおれは答えた。

「さもなきゃ、おれが節ちゃんの婿さんに貰ってもらうよ」

「チーフよりぼくの方が節ちゃんに向いているよ」

高橋が節子の髪にからまっていた藁屑《わらくず》をそっと抜いた。

「なんならわたしとレズろうか」

といいながら有子は立ち上った。看護婦さんが入ってきてリンゲルの仕度をはじめたのだ。リンゲルの針を受けるために差し出した節子の左腕に蚤《のみ》の喰ったような跡が十数個ついていた。

「高橋君」

廊下に出るとすぐおれは高橋に、例の捨吉メモを手渡した。

「こいつを預っておいてくれ。おれはあのバカと話をつけてくる」

「捨吉と会おうというんですか」

「きまってるじゃないか。このまま引っ込むんじゃ、節子が可哀想だ。そうだ、おれがここを出たらすぐに捨吉の事務所に電話を頼む。できるだけ早く市川真間駅傍の旅舘青笹へ来い、とね」

「およしなさいよ、チーフ。相手は暴力団ですよ」

「殺しゃしないよ。連中、メモを取戻さないうちはおれに指一本触れることができない。節子が命がけで手に入れてくれたそのメモをかたに、あいつらにマシンを買わせてやる」

「そのセールスマン精神は見上げたものだわ。でもね……」

有子が通せんぼをしている。

「マシンの契約書と引き換えにメモを捨吉に返してしまったら、たとえば例のフラワーガールたちはどうなるの。捨吉がのうのうとしているかぎり、あの人たちは救われない。メモは警察にでも渡しましょうよ。商売は忘れましょ」

「いやだね。おれはセールスマンだ。売って売って売りまくる。社の壁に貼り出してある東海道双六絵を一気に上りの京へかけのぼるんだ。他のセールスの連中をあっといわせてやろうぜ。ついでにあの重役どもの鼻をあかす」

「セールスマンの前に、チーフも人間でしょ」

「いや、おれはセールスマンである前もセールスマンさ」

有子を押しのけて廊下を走り、階段を駆け降りた。エレベーターなんぞまどろっこしくて待っていられるものか。

青笹にはすでに関東友声会の若衆頭と称する男が待っていた。

「会長は会合がございましてこちらへ参ることができません」

年齢《とし》はおれとちょぼちょぼか。深々とさげた大工刈りの頭の天辺《てっぺん》が青い。

「それに千葉市から駆けつけていたのでは大至急というあなたの註文に嵌《はま》らなくなります。そんなこんなで、市川地区を委せられておりますわたしがお相手を勤めさせていただきます。言うまでもございませんが、わたしは会長から全権を委任されております。どうか腹蔵のないところをお聞かせくださいまし」

喋るたびに顳顬《こめかみ》が大きくぴくぴく動くのが薄っ気味悪い。

「ところで、お話とは会長秘書の川上節子の一件で……」

「そうだ。秘書を覚醒剤中毒患者にまず仕立てあげ、次に薬を餌にして、股倉に牡丹の花を彫る。あんまり垢抜けた道楽じゃないね。いまどき、日活ロマンポルノでもやらない手だ。趣味が悪すぎるとあのバカにいっときな」

「へえ。それからなんかございますか」

「メモはおれが持っている。三千万円のマシンを購入する、という契約書にあのバカが判を捺《お》してくれたら、メモは返す」

「で、それから」

「手品師じゃあるまいし、そういくつもいくつもつながって出てくるものか」

「おっしゃりたいことはそれだけでござんすね」

「諄《くど》いね、あんたも。あくどくてくどいとなると表と裏が語路《ごろ》合せで揃っちまう」

「つけあがるなよ」

突然、大工刈りがあぐらをかいた。

「だまって聞いてりゃいいてえ放題のことを吐《ぬ》かしゃがって」

大工刈りが手をちぢめて肩を揺った。ぽんと着物が肩からずり落ちる。大工刈りはちょっと斜交《はすか》いになって、背中をちらっと見せた。背中には天女が舞っていた。

「おらァ天女五郎《てんにょのごろう》という無鉄砲者だ。さあ、大人しく、メモを渡してもらおうか。それともあんた、命の方を渡してくれるかい」

ざくっ。畳に匕首《あいくち》が突きささっている。むろん、天女五郎が突き刺したのだ。ぞーっと寒気がして脱落感に襲われたが、ここが正念場だと必死で気を取り直し、

「メモなんぞ、こんなところに持ってくるものか」

匕首からやつが手をはなしているのにつけこんで、おれは柄を握ってぐいと引き抜いた。

「日本銀行の大金庫に預けてある」

そして、自分の前にぐさりと突き立て、

「おれの身体に万一のことがあれば、メモは自動的に警視庁へ届くことになっているのさ。

そうなるとあんたんとこの会長、麻薬取締法違反で捕まっちまうよ。保証してもいい」

天女五郎はかすかに眉を曇らせた。そこでおれはこう決めてやった。

「まごまごしていると二百億ぐらいのコンピューターシステムを買わせちゃうよ」

病院に戻ったときはすっかり風邪声になってしまっていた。天女五郎との対決中、ずっと冷汗のかきつづけで、それが悪かったのだ。

「三千万円の契約がまとまりそうだ」

五階の喫煙場のベンチに高橋と有子の姿が見えたので手を振った。

「明日の一時に、WCRの応接室で契約調印ってことにしてきたよ」

「それは無理でしょうね」

有子がいった。

「明日の朝には、田中捨吉氏は留置場入りですもの」

「やはり、警察に届けたんです」

高橋がにやりと笑った。

「まもなくここへ刑事さんがやってくるはずですよ」

「チ、チーフのおれを出し抜いて、なんてことを」

思わずふらふらっとなって、ベンチの背凭《せもた》れに摑まった。

「二人ともセールスマンじゃなかったのかい」

「でも、その前にやはりわたしたちは人間ですもの」

「気障なことをいうな」

怒鳴りつけようとしたら、有子がおれの口に右の人さし指で閂《かんぬき》をかけた。

「しーっ。節ちゃん、いまやっと眠ったところなんです。チーフ、お静かに」

おれは口に閂をかけられたまま、ベンチに沈むように腰をおろした。

小便小僧の花角力

1

「チーフ、首尾はどうだった」

部長のデスクから煙草を咥《くわ》えて戻ってきたおれに、岩田有子がライターの火をさしだしながら小声で訊いた。

「おえらがたは工作費の枠《わく》をひろげることを認めてくれたんですか」

「認めたような、また認めないような、どうも曖昧《あいまい》な返事だったな」

煙を胸いっぱいに吸い込んでゆっくりと吐き出してから有子に肩をすくめてみせた。おれたちセールスマンの上司であり、WCRの取締役でもある営業部長は、ちかごろ煙草をやめたばかりだが、やめたとたん、自分の前で部下が煙草を喫おうとすると、極端にいやな顔をするようになった。ときには、煙草のみの吐き出す煙はわれわれ非喫煙者にとってはある種の暴力だねえ、などといや味さえもいう。それで部長の前ではできるだけ煙草を控えていたわけで、そのせいかその一服はうまかった。

「つまり部長は責任を負いたくないわけさ。マシンは売りまくれ、そのための工作費はいままでどおり二パーセント以下におさえろ、とまあ虫のいいことを並べたてるだけで、一向に埒《らち》があかない」

不況でマシンの売上げは激減している。さそりチームはこの六月から十一月までの六カ月間で、一億円ちょっとの売上げしか果していない。これは去年の同期とくらべ四十パーセント近いダウンである（WCR社は、米国資本なので決算期も米国式で五月になっている）。それでもさそりチームの成績は関東では第一位で、いまのところはまあ大きな顔をしていられるのだが、これまでのやり方では後半期に売上げ高が一億円を切るのは目に見えている。それでおれは、工作費を五パーセントまで認めてほしい、と部長に進言申し上げたわけだ。工作費を契約額の五パーセントまで認めてもらえれば、こっちもだいぶセールスがしやすくなる。マシンを買入れてくれたお得意にリベートを返し、たっぷり酒をのませ、贈物も張り込んで、次の商売をしやすくもできる。二パーセントの工作費では、それがなかなかできにくい世の中になってきている。

「……とにかく二パーセントじゃ仕事にならない。次の仕事のときに三パーセントぐらい工作費を使ってみようじゃないか。それでマシンが売れれば、おえら方もそう文句はいうまい。連中だって、世の中の企業がどこもかしこも財布のひもをかたくしめだしているってことは承知のはずだからね」

「そういうことね」

有子はうなずいてふたたび伝票の整理をはじめた。

おれの左斜めの前、有子と向い合った机で、さっきから熱心に新聞に目をさらしていた長髪の高橋富之が、

「小便小僧市長だってさ。世の中には奇人がいるものだな」

とおれの真向いの席で週刊誌をひろげていた川上節子に、自分の読んでいた新聞をずらしながら押し出した。

「なあに、小便小僧市長って」

眠そうな声でいって、節子が週刊誌から新聞へ視線を泳がせた。

「茨城県に西浦というところがある」

「いちど行ったことがあるわ。霞ヶ浦に面した、とても景色のいいところよ」

「そこでこの四月に市長選挙があった。当選したのは、安井嘉平という人物。ほら、写真が載ってるだろう。小便小僧の像と並んで立っているまんまるに肥った男、それが安井嘉平氏だ」

「うんうん」

「この安井市長が、市長就任後、最初にした仕事が、市役所の前の池に瀬戸もの製の小便小僧の像を立てること。しかも、小便小僧の像を設置したのは市役所の前ばかりじゃない。市立の幼稚園、小学校、中学校、それから、公園、公民館……」

「たしかに奇人だわね」

「安井市長には、酔うとすぐ裸になって角力《すもう》をとり、さらに窓や床の間に小便をするくせがあって、それであだ名が小便小僧。つまり、彼は市長就任を記念し、自分の分身を名刺がわりに、市内の至るところに配ったってわけなんだ。さて、こんな市長だから気はいいのだけど、人使いが荒い。たとえば、女子職員にいきなり『おい、お茶』と怒鳴る。市長就任当時は女子職員もだまって我慢していた。しかし、ついにこの十一月下旬に彼女たちの怒りが爆発、お茶くみ反対闘争がはじまった。西浦市役所の女子職員たちは、仕事はこれまで以上にやるけれども、市長以下男子職員が今後、女子職員と同じようにお茶くみをすると誓わないうちは、自分たちもお茶をくまない、とお茶くみスト決行中だってさ。これにたいして小便小僧市長は『むかしからお茶は女がくむものときまっておる。これは昨今はやりのなんでもかんでも女権伸長という風潮の悪影響。わしも断乎《だんこ》闘う』といっている。

「おい、へんなところでがんばるんだな、この人」

「おい、その新聞をちょっと貸してみろ」

その新聞を手許に引ったくって見た。たしかに高橋が話していた通りの内容の、小さな記事である。写真が添えてあって、それには小便小僧と並んでひとりの、小さなまるまっちい男がふんぞりかえっている。

「どうかしたんですか」

高橋が訊いた。

「ずいぶん目の色が変ってますよ。その安井嘉平市長、チーフの親戚かなんかなんですか」

「どこを読んでるんだよ、まったく」

おれは新聞をパンパンと指で叩いた。

「この記事の中に宝の山が隠されているのがわからないのかい」

「宝の山……ですか」

「お茶くみストは目下も闘われている、と書いてあるだろう」

「は、はあ……」

「たとえば、このストにおれたちが口ばしを突っ込んで、女子職員を勝利させたとする。するとどうなる」

「西浦市役所では以後、男子職員もお茶をくむ、ということになります。つまり、ぶつぶついいながらも、自分の飲むお茶は自分でいれる、ということになるだろうな。しかし、お茶を飲む回数は断然、減りますね」

「だが、役所の仕事はお茶を飲むところにある、というような気がする。市長と助役が、助役と局長が、局長と部長が、部長と課長が、課長と係長が、係長と平職員が、お茶をのみながら、ごにょごにょ話をする。そのお茶のみ話が、市民会館を建てることになったり、公園をひとつ作ったりすることになったりする。お役所仕事とお茶のみ話はどうも切り離せないような気が、おれにはするんだ」

「わかりますよ」

高橋が煙草を咥えた。

「それで」

「それでじゃないんだよ」

おれは高橋の口から煙草を叩き落した。

「ここで自動給茶機を売りつけてやろう、と考えつかなきゃセールスマンとしちゃ落第だぞ」

「あ、そうか」

「お茶をのまなきゃ仕事にならない。かといって自分で入れるのは面倒だし、女の子には頼みにくい。そこへつけ込んで自動給茶機をセールスする。西浦市の人口はたしか十万ちょっとのはずだ。人口十万都市の市役所ならば、課の数がすくなくとも三十やそこいらはあるだろう。一課に一台ずつ売りつけて三十台。うちの自動給茶機の最高級品は、えーと」

「自動給茶機ワールド・スペシャル・デラックス。一台三十一万九千円。温度つねに摂氏八十五度。茶葉収容量三百二十グラム」

有子がすかさず説明をはじめた。さすがは元女性指導員《インストラクトレス》だ。

「一回の給茶で消費する茶葉量は八グラム。したがって四十杯ごとに茶葉を注ぎたすことになる。他社の給茶機の収容量が二百五十グラムを限度とするのにくらべ、WCRの給茶機は収容量がぐんと多い。しかも、WCRの給茶機には茶葉自動交換機がついている。茶葉がなくなれば、自動的に注ぎたしが行なわれる。その点でもWCRのものは手間が省けて便利である。給水も水道直結の貯水方式、それに、水量制御装置や空焚《からだき》防止装置もついており、便利な上に安全。操作は給茶給湯とも押ボタン、ワンタッチ方式。さらにこのワールド・スペシャル・デラックスの最大の利点は、お茶とお湯のほかに冷たい水も出ることで、冷水温度は常に摂氏六度。まあ、こんなところかしら」

節子が手許のメモ用紙を見ながら、

「いまちょっと計算してみたんだけど、そのワールド・スペシャル・デラックスを三十台売ることができれば、総売上げ額は九百五十七万円になるわよ」

「いや、もうひとつ売れるものがあるな。それを加えれば、楽に一千万円を越すと思う」

高橋が、おれがさっき叩き落した煙草を机の上から拾って咥えた。

「お役所にはハンコがつきものでしょう。たぶん、西浦市役所の女子職員はこれまでハンコ掃除をやらされていたにちがいないんだ。それがお茶くみ同様、ハンコ掃除もねがいさげということになっていると思うんです。だから、自動給茶機といっしょにほら例の……」

「超音波印鑑洗浄器のことね」

有子が、また助け舟を出した。

「そう、それ」

「一台五万円よ。これは超音波作用と専用洗浄液を利用した印鑑専用洗浄器で、平均五秒で印鑑の細い刻み目につまった印肉カスをきれいに洗い流す。カタログにはそう書いてあるはずよ」

「それを十台も売れれば、一千万のセールスができます。どうです、チーフ」

マッチを擦って高橋の煙草に火を点《つ》けてやった。

「ハンコの掃除にまではさすがのおれも気がまわらなかったよ。上出来だ。まあ、ゆっくり煙草をたのしむがいい。で、きみがその煙草を喫い終ったら出動だ」

「作戦は」

節子は机の上を片付けはじめた。

「うん。作戦の基本方針は、西浦市役所女子職員のお茶くみ反対闘争を勝利させること。こまかいことは、車の中で相談しよう」

「車輛部へ行って車を借りる手続きをしてきますわ」

有子のほうはいつの間にか伝票類を仕舞ってしまっていた。

「車のお好みは」

「今度はステーションワゴンでいいだろう。自動給茶機を一台、見本に借りて行こうか」

「わかりました。途中で会計へ寄って工作費の前借りをしてきます。一千万円の二パーセントだから二十万円ね」

「五パーセント借りよう。マシンさえ売れればこっちのものだ。部長にがたがたいわせやしないよ」

「では、地下の駐車場で待ってます」

有子が部屋を出て行った。それを見送ってからデスクの最下段の引出しをあけた。そこには、洗面道具や下着の替《かえ》が突っ込んである。それらを鷲摑《わしづか》みにして飛び出せばいいのだから、ひとりものはこういうときに身が軽く、そして気が楽だ。

2

地下の駐車場から出たのが正午すこし前だが、都内を抜けるのに時間を喰い、西浦市へ着いたときは午後五時近くになっていた。

西浦市は筑波山への登り口のひとつとして、また霞ヶ浦の湖上連絡船の発着港のひとつとして賑《にぎ》わう観光都市であると、車のなかでめくった案内書に書いてあったが、駅にも、また駅に隣接するドックにも、観光客の姿はない。ドックには霞ヶ浦の砂や砂利を湖東や湖南に運ぶだるま船が打ち棄てられたように黒々と浮んでいるだけだった。もっとも、十二月初旬のウィークデーの雨の夕暮れどきである。いくら観光都市でも、こう悪い条件が揃っていては、観光客が歩いているわけはなかろう。

駅前商店街も糠《ぬか》のような雨に濡れてひっそりと鎮まりかえっている。どの商店にも、「霞ヶ浦名産ワカサギ」と書いた宣伝用の幟《のぼり》が出ているが、それも不景気に潮垂れている。幟の行列が切れたあたりに小さな不動産屋があった。

おれたちはその不動産屋のガラス戸にべったり貼ってある物件のなかから、

「アパ六帖。電話・トイレ・炊事場共同。賃一万円。礼敷一つずつ」

というのを探し出して、契約した。こんどのセールスは二週間はかかりそうだと踏んだのだ。速戦即決のセールスの場合は、ホテルや旅館を利用するが、一週間以上かかりそうなときは、布団や炊事道具（といってもヤカンに湯呑ぐらいであるが）などの購入費を見込んでもアパートの方が安くあがるのである。

それでもアパートを借り、夜具と炊事用具を買ったら一万円札が十枚ばかり吹っ飛んだ。こうなった以上、なにがなんでも、西浦市役所に自動給茶機を売り込まなくてはならない。

アパートは霞ヶ浦に注ぐ梅川という川の堤防の下に建っていた。木造の二階建。横に打ちつけた羽目板が上下にずれたり、船腹のように外へ脹《ふく》れ出したり、ときには剝《はが》れていたりして、見ているだけでうら悲しくなるような代物《しろもの》である。柱がまっすぐに立っているのがせめてもの救いだ。

管理人の部屋へ行って挨拶をし、はたきやほうきやバケツや雑巾を借りた。

「男が二人、女が二人。それが一部屋で寝《ね》起きするんですか」

管理人のおばさんは、お土産に持っていった小鮒の佃煮を押しいただきながら、ちらっと目を光らせた。

「四人兄弟なんですよ」

「へえ。でも、顔立ちが四人ともそれぞれちがうようですがね」

「いやあ、じつはわたしたちの母親というのが地方巡回の女浪曲師でしてね、この母親が不幸なことに四度、夫を変えなきゃならなかったんです」

「へえ」

「で、彼女、夫が変るたびに一人ずつ子どもを産みましたが、それがわたしたちなんですよ」

「すると、あなたがたは芸人さん」

「はあ。蛙の子はやはり蛙の子です」

「なにをやる芸人さんですか」

「わたし、若林文雄と申しますが、このわたしが座長で、若林兄弟一座というのをやってました。でも、地方巡回の劇団なんてのは、ヌードに押されてさっぱりだめです。そこで、歌謡コーラスに切り替えようと思いまして」

「歌謡コーラス」

「ほら、クールファイブとか殿様キングスとかいろいろあるでしょうが、あれですよ。といっても、歌は素人ですから、東京に出ていくにはあと四、五年かかると思いますが」

「そうですか。それで、あんたたちのコーラスの名前は決まったんですか」

「まだはっきりとは。でも筑波キングスなんてのはどうかなぁ、なんてはなしはしてるんですけどね」

「筑波キングスねえ。そう悪かないじゃないですか。ま、しっかりおやんなさいな」

「はい」

「がんばってはやくテレビに出るようになることだね」

おばさんはおれの肩を励ましのつもりかひとつどしんと叩いて掃除の道具を貸してくれた。

　四人がかりで掃除をし、かくもあらんと会社から持ってきた石油ストーブを据えると、どうやらやっと人が住めそうな部屋になった。近くのそばやから、天井を取り寄せ、衣《ころも》ばかり厚くてエビがあまりにも小さいのに驚き呆《あき》れ、かつ腹を立てながら作戦会議を開いた。

「まず、有子君と節子君は料亭浜の家に仲居見習として勤めること」

　料亭浜の家のことは不動産屋で聞いておいた。この町一番の（といってもこの西浦市には料亭が二軒しかないそうだ）料亭で、市役所の地下に食堂を出しているという。

「二人ともお世辞をいうわけじゃないが美人だ。浜の家じゃふたつ返事で雇うはずだ」

「ありがとう」

　有子は、車に積んできた自動給茶機から抜き取ったお茶ッ葉で茶を入れている。

「なんだか、こんどの作戦は色仕掛の匂いがするわね」

節子は畳の上に湯呑を並べている。

「御名答。浜の家が市役所の地下に食堂を出している、と聞いたとたん、この作戦を思いついたのだが、たしかにこんどは色仕掛で行く。で、この作戦のポイントは有子君が昼は市役所の食堂に勤務するというところにある」

「昼は市役所の食堂、夜は料亭の仲居の見習か。大いそがしだわね」

有子が湯呑に茶を注いだ。

「市役所の地下食堂は浜の家の直営だ。どうしても金の要る理由《いわけ》がある、だから昼夜働かせてほしいと主人に頭をさげればどうにかなるだろう。いや、どうしても有子君には『昼は市役所の地下食堂、夜は料亭の仲居見習』というのを実現してもらわなくちゃ」

「そのことと西浦市役所の女子職員のお茶くみ反対ストを勝利させるのと、いったいどんな関わりあいがあるのかしら」

有子は、熱いお茶の入った湯呑をおれの前に置いた。

「長いはなしになるがね、車でここへくる途中、おれはむかし学校で聴いた心理学の講義を思い出していたんだ」

「心理学……」

「そう。その心理学の先生曰《いわ》く、風呂でこれみよがしに性器を見せて歩く男、酔ってふりちんになって踊る男、同じく酔って衆人の前で窓から小便を放つ男、またこの西浦市の市長安井嘉平氏の如く小便小僧に異常な愛情を抱く男、これらは多少の差はあれ、すべて露出強迫症者である。では、露出強迫症とはなにか。これは自分の性器が堂々たるものであることを強調せずにはいられないという心の傾きであって、女性に男性のような突起物の欠けていることを確認してある精神的満足を得ようとする幼児的性向である……」

「つまり、露出強迫症者は女性を蔑視しがちだってわけね」

有子は、こんどはリンゴを剝《む》きはじめていた。

「その通りなんだ。女子職員は茶をくむべきである、茶をくむのがいやなら職員をよすがよい、なんていってる安井市長は、この露出強迫症者の典型といっていいんじゃないか。とまあ、そんなことを車で来ながら考えていたのさ。それからこの露出強迫症者は、おちんちんを持ってる者は持ってない者よりも偉いなどと主張するだけあって、単純だが、名誉欲や権力欲が強いらしい。それに自尊心や性欲も旺盛なんだ。幕末志士で洋学者の橋本左内も、二十世紀の心理分析をあてはめるとこの露出強迫症者ってことになるそうだ。この人は、自分は富士山に登り、八葉蓮山の岩上に仁王立ちになり、男根をずばと出し、これを激しく摩擦しつつ『天下に美女神と交婚する者、ただ我ひとり』と嘯《うそぶ》いて白液を飛ばしてきたが、いやじつに爽快であった、などと書いているけど、これは典型的な露出強迫症……」

有子は下を向き、節子は頬を赤くし、高橋はきまり悪そうにそれぞれリンゴを齧《かじ》っていた。

「つまり、左内は富士山を美女神、つまり女体と思い込んでいたわけで、なるほど富士山が相手なんだから名誉欲、権力欲、自尊心、性欲、四つとも満足するわけだ。むろん、西浦市長安井嘉平氏は橋本左内ほどの人物じゃないだろうが、タイプとしては同型だろうね。左内が色ごのみだったように彼もまた色ごのみ、美人にはすぐに手を出す」

「男ならたいてい美人にはすぐに手を出しますよ」

高橋がいった。

「それはべつに露出強迫症の男にかぎったわけじゃない」

「それはまあそうだろうが、しかし、強引にすぐ口説こうというところがちがうんじゃないか。たいていの男なら、その気があってもなかなか具体的な行動に移りにくい。が、露出強迫症者の安井嘉平氏は……」

「仲居見習のわたしにすぐ手をのばしてくるってわけ」

有子は、おれがなにを説明しようとしているか理解したようだった。

「べつのコトバでいえば、安井嘉平氏ができるだけ早く鼻の下と手をのばしたくなるように振舞え、ということね」

「その通り。で、頃合いを見計って、おれが市長を浜の家へ招待する。自動給茶機を見ていただけませんか、見ていただくだけで結構ですが、という口実で招く。そのとき、有子君と節子君はかならず、おれの座敷につくようにしてほしい。酒の勢いで市長は有子君を口説く。有子君はその口説きに乗る、市長は有子君を連れて別室へ入る。あわやというところで有子君は抵抗する」

「それならいまから力をつけとかなくちゃ」

有子は、体操もどきに両手を五回、六回と天井めがけて突きあげた。むろん、彼女はお道化《どけ》ているのだ。作り笑顔のその下にいまにも泣き出しそうな真実の顔のあることを、長いつきあいのおれは読んでいる。マシンの売上げをふやせば歩合給があがるとわかってはいても、好きでもない男の酒臭い息をまぢかで嗅《か》ぐのはきっとつらい仕事だろう。

「市長と有子君が揉《も》み合うところへ、高橋君がカメラを構えて侵入し、パッとフラッシュを焚き、写真をとる」

「もうわかりましたよ、チーフ」

高橋がころりと横になった。

「さっき、飯の前に、チーフはボストンバッグからカメラを出して手入れをしてたでしょう。あのときから、ぼくはこんどの仕事は、現場写真を材料《ねた》に脅《おど》しをかける美人局《つつもたせ》セールスだな、という予感はしてたんです」

「ではもうよそう」

おれは立って土間へ行った。

「ただしひとこと念を押しておくと、脅しのポイントは、『市役所の地下食堂のウエートレスは、市から給料こそもらってはいないけれど、働く場所は同じところ、いわば市役所の準女子職員。その準女子職員にこんなことをしていいんですか。わたし、市役所の女子職員と共闘します。このことを夫の撮った写真を添えて女子職員の幹部に注進します』というところにある。有子君がなぜ昼間は市役所の食堂で働かなくちゃいけないかこれでわかったね。つまり、有子君はこの準女子職員の肩書を得るために、昼、市役所へ出るわけなんだ。『市長、料亭の仲居を襲う』じゃあはなしにならない、『市長、市役所食堂のウエートレスを襲う』で、はじめて脅しの材料になる」

「くどいんだなあ、チーフは。それくらいわかっていますよ」

高橋は上半身を起した。

「でも、どこへ」

「おともしますよ」

「銭湯さ」

外へ出ると雨はもうあがっていた。星もふたつみつ出ている。堤防の下の道を、来るときに目星をつけていた銭湯の方へ歩いて行くと、いきなり轟音《ごうおん》が近づいて来て、目の前を光の束が地面をゆるがせながら走り過ぎて行った。常磐線の上り特急だろう。

と、靴の中がいやに冷たくなった。特急の突然の通過に気をとられ、足を水たまりに漬けてしまったらしい。やがてその冷たい感じが一気に胸までかけのぼって来て、それが(なにもかも投げ出して東京へ帰ってしまいたい。マシンが売れたからってどうだというんだ)という脱力感に変り、しばらくおれは水たまりのなかに靴を漬けたままで立っていた。

3

あくる朝八時、有子と節子は、浜の家へ自分たちを売り込みに出かけて行った。出がけに節子が、

「有子さんの役、わたしに代わらせてくれないかな」

と、すこしごねていたが、知らぬふりをして通した。主役の続いていた節子にとって、

今度のは辛抱役でいやなのだろうが、しかし、美人局《つつもたせ》の囮《おとり》は年増にかぎるのだ。

九時、こんどはおれが出かけることにした。今日はいろいろと調べなくてはならないことがある。

「ぼくはどうしていればいいんです」

石油ストーブに前夜の濡れ靴を焙《あぶ》っていると、高橋が布団の中からこっちの方へ首をのばした。

「女を料亭や食堂で働かせ、自分はのうのうと暮す、それがきみの今回の役どころだ」

「つまりヒモですか」

「そう。できればちょっとこれもんの雰囲気が欲しい」

右手の人さし指を匕首《あいくち》に見立てて、頰を斜めに切る仕草をしてみせた。

「役柄になり切るために、どうだい、一日中パチンコ屋や麻雀屋でフラフラしてるってのは」

「もうけ役だな」

高橋は布団を高く持ち上げ、

「じゃあ遊び人らしく昼まで寝てようっと」

持ち上げた布団を頭からかぶってまるくなった。

まず、一時間ばかりかけて西浦市内を歩きまわってみた。おどろいたのは道のよさである。メインストリートはむろんのこと、そこから左右に突き出ている道、その道からまた左右へのびる小路、ほとんどが舗装されている。前の夜に靴を濡らした堤防下の道はどうやら例外、その意味ではおれはよほど運が悪かったらしい。

市民会館も、市民会館の中にある図書館も、人口十万都市にしては立派だった。どれも県庁所在地へ持って行ってもはずかしくないような構えである。

(これは小便小僧市長の前任者たちがよほどの名市長ぞろいだったにちがいない)

そう考え、図書館で『西浦市史・戦後篇』を借り出して歴代の市長の名前を調べてみた。おどろいたことに、最近の五代はこうなっていたのだ。

昭和34・4〜38・3　安井嘉平
38・4〜42・3　泊《とまり》　松吉《まつきち》
42・4〜46・3　安井嘉平
46・4〜50・3　泊　松吉
50・4〜　安井嘉平

小便小僧市長は過去二回、合計八年間も市長の椅子にあったのだ。市役所の前に己が分身の小便小僧を飾り、酒を飲めば裸になって角力をとり、女子職員に「お茶」と怒鳴って総スカンを喰っている、というところから、どうせ碌《ろく》な人物ではなかろうと思っていたのだが、事実は必ずしもそうではないらしい。

「この泊松吉さんというのはどういうお方ですか」

貸出し係の老人にたずねた。

「遊覧船の会社を持っておる」

まだ午前であるせいか閲覧室には人影がほとんどなく、手持ぶさたをかこっていた老人はうれしそうに唇を舌で湿しながら、膝を乗り出してきた。

「それと、霞ヶ浦湖畔にレストランを三軒、いや、この夏にも一軒ふやしたから計四軒か。えーと、それから市内にパチンコ屋が二軒。喫茶店が三軒に映画館がひとつ」

「一大コンツェルンですな」

「松吉氏は妾《めかけ》の使い方をようく心得とるのですわ」

「妾ですか」

「妾が六、七人おる。その妾にレストランや喫茶店をやらせているのだよ」

「ははあ。それでお年は」

「五十二か三じゃろう」

「どういう感じの人物です」

「陰気でずるい。あだなは狐《きつね》じゃ」

「ほう、狐ですか」

「顔も狐によく似ておる。美男子だが、鼻がこうきゅっと尖《とが》っている。おまけにやっこさん、お稲荷《いなり》さんの信者でね。自宅の庭に稲荷の祠《ほこら》を建てるほどの凝りようさ。そればかりか市長に当選するたびにお狐さんの像を町中いたるところにばらまく。それで狐なのさ」

「あのう、いまの市長の安井嘉平さんも小便小僧の像を建てたとききましたが」

「だから市長選が終るとそのたびに大ごとさ。泊松吉が当選すれば、小便小僧が一夜にして姿を消し、かわってお狐さんがあちこちに立つ。安井嘉平当選のときはその逆のことがおこる」

　ここで老人はカカと笑い、

「ばかなやつらさ」

と呟くようにいった。が、それは、ばかをばかときめつける口調ではなかった。いやきめつけるどころか、やさしくいたわるようなひびきさえある。

「あのう、安井嘉平氏についても、もうすこし教えていただきたいのですが」

「よろしいですよ。どうせ暇じゃから」

「どういう人物です」

「泊松吉に負けず劣らず好色じゃ」

「やっぱり」

「砂利屋から土建業に手を伸し、それが成功したのだよ。なにしろこの西浦市は常磐線で上野まで一時間半、東京のサラリーマンたちがマイホームを求めるには絶好の地だ。少々遠いが、その分、安い建売が手に入る」

「なるほど。西浦市がベッドタウン化するのに合せて、その住宅建設を一手に引き受けて大きくなった、とまあこういうわけですか」

「そういうこと」

「安井嘉平氏のお年は」

「たしか五十六ぐらいじゃろう。しかし、あんた、なんだって二人のことをそう根掘り葉掘り聞きなさる?」

「じつはわたしもここへマイホームを持とうと思っている東京のサラリーマンなんですよ」

「それにしても研究熱心なことじゃ。しかし、我が田に水を引くわけではないが、ここは住むにはいいところですよ。空気はよし、景色はよし、下水道は関東一完備しておる、東京以上だ。それにたとえばゴミ収集の清掃車な、あれなぞも、人口に比べてぐんと多い。

これは日本一だそうだよ」

閲覧室に人がふえたし、おれひとりで老人を占領しているわけにはいかなくなった。市民会舘を出て、しばらく北へ歩き、化学繊維会社や米国系資本の清涼飲料水会社の大工場を見物し、昼すぎ市役所へ行ってみた。

新聞の記事に添えられていた写真のとおりに、市役所の正面の池には小便小僧が飾られていた。そして彼はその小さな突起物から、休む間もなく勤勉に、池の水面に水を噴出させており、彼の左右では、紺の上ッ張りを着て鉢巻をしめた娘たちが、たがいに肩と肩を組み合って叫び声をあげていた。

「わたしたちはお茶をくむために市役所で働いているのではありません」

「そう」

「市民に奉仕するために働いているのでーす」

「そう」

「お茶をわたしたちにくませないで」

「くませないで」

「そんな時間があったら市民のための仕事をさせて」

「させて。させて」

「自分の飲むお茶は自分で入れて」

「入れて。入れて」

させて、させて、入れて、入れて。コーラスの部分だけを拾って聞くと、なやましくなるようなシュプレッヒコールだ。

「市長は女子職員の人権をもっと尊重すべきでーす」

「もっと。もっと」

「男子職員も深く反省すべきでーす」

「深く。深く」

「わたしたちはわたしたちの要求をあくまで貫きまーす」

「貫くわ。貫くわ」

ここで女子職員たちは、短い棒を握りしめた右手を高々と突き上げ、小便小僧に群《むら》がり寄って、水を発射しつづけている彼の突起物をその棒で打った。突起物は脆《もろ》くもこまかく砕けて水面に散り、小便小僧は小便少女になってしまった。

わーっと歓声を発して気勢をあげる女子職員たちを横目で見ながら市役所の正面入口を入り、入ってすぐの大階段を地下へ降りた。

廊下の片側に靴、書籍、薬品、洋品、文房具、食料品などの売場が並んでいる。また、

床屋もあれば診療所もある。反対側は食堂になっていて、

「和洋中華・浜の家」

という欲ばった看板が掲げてあった。

のれんのあいだから首を入れて内部《なか》の様子を窺《うかが》ってみる。広い。数十卓はある。どのテーブルにも客が坐っていた。テーブルを縫って、和服に白いエプロンの女性たちが十数人、忙しくかけまわっている。

「いらっしゃいませ」

そのなかのひとりが元気のよい声をかけつつ、こっちへ寄ってきた。見ると節子である。

「相席になりますが、よろしいですか」

節子は他人行儀な口のきき方をした。もちろん他人行儀でいいのだ。これも作戦のうちのひとつなのである。

「もうさっそく働いているのかい」

節子のあとについて歩きながら小さな声で訊いた。

「この食堂、昼は猫の手も借りたいぐらい忙しいから今日からやってほしいって、そういわれたの」

席を立つ客を待っているようなふりをして、節子はちょっとの間歩くのをやめ、おれの

耳に囁《ささや》いた。

「わたしにもぜひ食堂を手伝ってくれって。そうそう、有子さんとわたし、叔母さんと姪《めい》ってことになっているの。そのつもりで」

「どっちが叔母でどっちが姪だい」

「わたしにきまってるでしょ」

節子はおれの肩に手をかけてエイと乱暴に空いた席に坐らせた。

「ご註文は」

「なんにしようかな」

「チーフのうしろの席に小便小僧がいるわよ」

「さあーてと」

「さっそく有子さんに目をつけたみたい」

「それはまた手の早い」

「有子さんを離さないの」

「上出来、上出来」

「上テキですね」

隣へ客が腰を下したので、節子はとっさに上出来を上テキとごまかした。

「焼き方は」

「ウエルダン」

「あらまあ、この人、英語なんか使って恰好つけちゃって」

大きな声でいって節子はカウンターの方へばたばた草履を鳴らして去った。今回の節子は三枚目の線で通すつもりらしい。人を探すようなふりをしてうしろを見てみる。たしかに、うしろの席に写真で見た顔がそっくりかえっていた。猪首、獅子ッ鼻、ゲジゲジ眉、猫の額と、動物づくしのような顔である。それが横に坐らせた有子に猫なで声でなにか話しているから、動物づくしも徹底している。食堂全体がうおんうおん言っているのと、市長と有子の話し声が低いので、会話《やりとり》の内容はわからない。

ここで市長に直接《じか》に名刺を出して話をはじめるのがよいか、秘書を通すなどしかるべき手順を踏むのがよいか、あれこれ考えていると、

「おまたせしました」

頭上から節子の声が降って来、目の前にステーキをのせた皿と土瓶が置かれた。同時に背後で蛮声。

「節ちゃん、こっちにもお茶」

ずいぶん大きな声なので思わず振り返ると、声の主は市長その人で、こっちへ湯呑を突

き出している。振り返った拍子にパチッと目が合った。いまだという声が心の中でした。

「まことに失礼ですが、わたくしがお茶を注がせていただきます」

土瓶をぶらさげ頭をさげた。

「市長の安井嘉平さんでございますね」

「なんだね、きみは」

「市長にお目にかかりたいと思いまして、たったいまここへ着いたものでございます」

市長の湯呑を茶で満してから名刺を差し出した。

「WCR製の事務用マシンのセールスをいたしております若林でございます」

「そういうことは総務部へ行って話してくれんかね」

「じつは市長じきじきにお話しいたしたいのでして。いかがでしょう、今夜でも、明日の晩でも、また明後日の夜でも、市長のお躰がおあきになっているときに、どこかの料亭でお目にかかるというのは」

「どういう話だね」

「こちらの市役所でお茶くみ反対ストが行なわれているということを新聞で読みまして、すこし差し出がましいとは存じますが、その解決策を持って参じました」

「解決策なぞはいらん。女子職員は職場の花、男子職員のよき伴侶。伴侶なのだからお茶ぐらいくむのは当然じゃないか。わしは絶対に折れやせんよ」

「しかし、最上最良の策があるのですがねえ。この西浦には、いい料亭がございますか」

「そりゃあるがね」

「なんという料亭で」

「浜の家。この食堂もじつはその料亭が経営しとる。この女《こ》は夜になると料亭の方の仲居さんよ」

市長は有子の手を握って、

「こういう別嬪《べっぴん》がおるんじゃから、いい料亭に決まっとるだろ」

「なるほどたしかに美人ですなあ」

有子は知らん顔をして、市長の手を握り返している。

「ではその浜の家でお目にかかりましょうか」

「しかしだねえ」

「なに、市長に聞いていただけばいいんです。それだけでこっちの気がすむんです。総務部長でもお連れいただいて、どうです。ひとつ、ぱっと派手にやりましょう」

市長はおれと有子の顔をかわるがわる眺めていたが、やがて、有子の頬をとんと指で突いて、

「この女《こ》を相手に酒を飲むのもわるくないねえ」

と目尻をさげた。

「ただし、今夜と明日の晩は躰が塞《ふさが》っとるよ」

「では明後日の夜七時ということにいたしましょう」

市長に最敬礼をした。

「こんなところでわたしのいうことに耳を傾けてくださって、ほんとうにありがとうございました」

4

二日後の夜、浜の家の座敷に自動給茶機と超音波印鑑洗浄器を設置して市長の到着を待った。が、七時を三十分過ぎても市長は姿を見せなかった。そのうちに、浜の家の女将が顔を出して、

「市長さんがおいでになるまで、他の座敷へまわっておくれ」

と有子を連れて行ってしまった。節子のはなしでは、有子には最初の晩から「いい客」がついたという。チップを一万円もはずみ、次の晩も有子を独占していたらしい。

「そのいい客がきっと有子さんを今夜もまた呼び出したんだわ」

節子はすこし羨《うらやま》しそうな顔をしている。

「やはりこういうところは年増の勝ちね」

「どんな客だ」

座敷にいるのはおれと節子の二人だけである。自然に会社に居るときのような口吻《くちぶり》になる。

「泊松吉というこの西浦市の有力者よ」

「泊松吉だって。それじゃ前市長じゃないか」

「あら、チーフ、知ってたの」

「これでもすこしはこの町について調べているさ」

「さすがね」

「しかし、これは妙なことになってしまったぞ。小便小僧市長を狙《ねら》って射ったのに、玉が前市長の方へ逸《そ》れだした」

「だいじょうぶ。有子さんだって心得てるわよ」

「だといいが。有子君をはさんで現市長と前市長が恋の達引《たてひき》を演じるようだと、台本を書き直さなくちゃならなくなる」

そういって眉を寄せたが、心のどこかでは、台本を訂正した方がもっといい答がでるか

もしれないという声がしていた。しかしどう訂正すればよいのか。と突然、廊下で、

若い血潮の予科練の

七つボタンは桜に錨

今日も飛ぶ飛ぶ霞ヶ浦にゃ……

という胴間声が鳴り響いた。

「おっと市長の御来場だ」

おれと節子は廊下へ飛び出したが、市長の姿を見て仰天した。市長はズボンをはいていなかった。上はワイシャツ、下半身は越中ひとつでのっしのっしとこっちへ歩いてくる。節子がキャッといって座敷に引っ込んだ。その節子の声に気付いたらしく、市長はこっちを見てにやりと笑い、どしんどしんと四股《しこ》を踏み、仕切りをはじめた。市長のうしろには上衣やズボンや股引をかかえた中年の眼鏡男が、つくづく困り果てたというような顔をしてつき従っている。

「いやあ、どうも」

眼鏡男が仕切りに余念のない市長の傍を通り抜けて、おれの方へやってきた。

「総務部長をしております斎藤で」

「ＷＣＲの若林です」

「五時からひとつ宴会がありましてね、ごらんのとおり出来上っております」

「なかなか豪快な市長ですねえ」

「豪快といいましょうか、ばっちいといいましょうか」

「ばっちい」

「前の宴会場で床の間へしゃーっと」

「なにを、ですか」

「ええ、なにを、です」

どす、どす、どす。市長は廊下の柱に向って鉄砲を突いている。

「むかしはこのあたりでは無敵の草相撲の横綱でした」

「そういわれて見れば、たしかにさまになっていますね」

市長は柱からこっちへ向き直り、脇を締め両手の親指と人差指とを矢筈《やはず》の形に開いて押し相撲の型を見せながら、廊下板を鳴らしておれの前へ寄ってきて、ちょんちょんと手刀を切り、

「ごっつぁんです。いや、ごっつぉうになります」

軽く頭をさげた。

「まあまあ、なんて恰好なの」

節子が左袂《たもと》で口を押えて笑いをこらえながら、右手で市長の手を引き、床の間の前へ案内した。

「有子はどうした」

「いますぐまいりますよ。それまでわたしで我慢して」

「早く呼んでくれよ。ところでWCのナントカ君」

「あのう、WCRの若林ですが……」

「はなしを聞こう、はなしを」

「し、しかし、だいぶお酔いになっていらっしゃるようですから、また明日にでも改めて市役所へ参上いたします」

「正体をなくすほど酔ってはおらん。さ、聞こうじゃないか」

そこでまず、このまま女子職員のお茶くみ反対闘争が続くようだと、市内各所の小便小僧がひとつのこらず小便少女になってしまうのではないかということを憂えてみせ、次に、女権伸長は時代の趨勢《すうせい》でありいさぎよく彼女たちの要求を容れることが賢者の方法であると説き、さらに、このままストが継続すると、東京からおそろしい女性運動家たちが駆けつけてくるという災難に見舞われる可能性もあると脅しをかけた。

それから、ちかごろは女性のやらなくなったことをすべて機械が代わってやってのける風潮にあるという、ちゃちだがわかりやすい文明論を軽く一発かませ、お茶くみ婦人のかわりに自動給茶機はいかがでしょう、機械はストライキなぞいたしませんよ、といよいよ本論を展開した。もちろん、座敷に備えつけておいた自動給茶機で熱いお茶を一杯献上するのも忘れなかった。しかし、市長はおれの説明を終始鼻先で笑って受け流し、こちらが喋《しゃべ》り終るや否やこう昂然といい放った。

「立ったままで小便も出来ないような女どもにこのわしがおめおめと押し切られてたまるか。立小便ができるだけ男の方が偉いのだ。それより有子はどうした。早く呼べ」

「はい、おまたせ」

そのとき、襖《ふすま》が開いて有子が入ってきた。

「どうなさったの。おそかったじゃないのよ、市長さん」

「小便小僧、元気でやっているようだね」

有子のうしろにだれか立っていた。長身の、陰気そうな男である。鼻高く口が尖《とん》がり、狐面《きつねづら》だ。前市長の泊松吉にちがいない。

「お狐さんか。あんた、噂じゃ胃を悪くしているそうだな」

現市長の安井嘉平は廊下に向ってまるい顎をつんと突き出した。

「四年後の市長選までくたばらずにいてくれよ。この次こそおれがあんたに連勝してみせる。二期連続八年間、市長の椅子に坐り続けてやる」

「あんたこそすこし酒を控えた方がいいよ。肝臓をこわしてやっと生きてるというじゃないか。病人を相手にして選挙に勝っても仕方がないからねえ」

「うるさい。狐、こんとでも啼《な》いて消え失せろ」

「小便小僧も、おしめをして早くおやすみ」

いい捨てて前市長は消えた。現市長はしばらくのあいだいまいましそうに廊下を睨《にら》みつけていたが、急に傍に坐っていた有子の手を摑んで、

「おまえ、松吉の座敷へ行っていたな」

とぐいと引き寄せた。

「しようがないでしょ。それがわたしの仕事なんですもん」

「あいつにもこんな風に手を握らせたんだな」

「さあ、どうかしら」

「ちくしょう。こんな風に」

市長は、有子を抱きすくめた。

「抱かれたんだな」

「およしなさいよ、市長さん。みなさん、びっくりしてらっしゃるわ」

台詞《せりふ》とは逆に、有子は市長に躰をいっそう預けていく。マシンを売るためとはいえ、有子の妖婦ぶりにはただただ頭がさがる。総務部長と節子に目顔で合図し、心の中で有子に手を合せながら廊下へ出た。

「市長はわたしが責任をもってお宅までお送りいたします」

殿《しんがり》の節子が襖を閉めたのを見届けて総務部長に囁《ささや》いた。

「部長さんはどうぞお先に。もしなんでしたら、節子さんとバーを二、三軒おまわりになりませんか」

「というと」

「部長さんのお供をするようにいってあります。失礼ながら、お手当なぞもわたしが払わせていただきました。もちろん、バーの勘定も彼女がすませるようになっております」

「いやあ、そんなことされちゃ困るな」

「そのかわり自動給茶機と超音波印鑑洗浄器の方はよしなに」

「しかし、市長はウンとはいいませんよ」

「ですから、市長がウンとおっしゃったときに、この、側面からご協力を……」

「そりゃまあ、市長がウンといえば問題はありませんが」

「では、そういうことで」

部長の背中を押すようにして節子と並ばせ、

「うまくやってくださいよ、部長さん」

脇腹をきゅっとつねって、おまけをつけてやった。もちろん、部長はうまくはやれない仕掛けになっている。「あわや」の「あ」あたりへさしかかったら、節子は部長を酒で盛《も》り潰《つぶ》して遁走《とんそう》するはずである。節子と部長を送り出すと、こんどは向いの小座敷の襖を開ける。

「ぼつぼつ出番だよ、高橋君」

「ハーイハイハイ」

桂三枝風に答えて高橋は読んでいたマンガ雑誌を抛《ほう》り出した。彼は、まだ明るいうちから浜の家へあがって、酒をちびちびやりながらその時のくるのを待っていたのだ。

高橋は長髪をバッサリ切り落して五分刈りにし、瞼《まぶた》には、節子から借りたアイシャドーを塗っている。一見、寝不足の菅原文太という感じだ。おれと高橋は小座敷の襖《ふすま》を細目に開けて、向いの襖を見ていた。

と、五分ほど経ってから、向いの襖を通して、有子の、

「だれかきてェ」

という悲鳴があがった。高橋はフラッシュ付のカメラを摑んで飛び出し、向いの襖を勢

いよく横に引き、カメラを構えた。光が忽《たちま》ち輝き忽ち消える。

「とうとうおれは現場を突きとめたぜ」

含み笑いをしながら、高橋は後手で襖を閉めた。一、二、三、四、五……、ゆっくり数をかぞえはじめた。三百数えたらおれの出番だ。こっちが三百数える間に、高橋は、まず有子に平手打ちを加えて不貞をなじり、次に鋒先を市長に向け、

「あんたはおれの女《すけ》を横奪《よこど》りしたばかりじゃねえ。市の準女子職員とでもいうべき女を毒《どく》牙《が》にかけようとしたのだ。いま撮ったフィルムを女子職員の闘士のお姐《ねえ》様がたへ届けたらどうなる。あんたは袋叩きの目に遭《あ》うぜ。どうだ、このカメラをフィルムごと五百万円で買う気はないかね」

どすをきかせて凄《すご》む。とまあそういう筋書になっているのだ。……二百九十六、二百九十七、二百九十八、二百九十九、三百。おれは小座敷を出て、向いの襖をそっと開け、

「市長さん、もしお邪魔でなければちょっと入らせていただきたいんでございますが。じつはわがWCR社の自動給茶機は冷たい水も出るんでして、その説明をさきほどおっことしてしまいましたので、およろしければ補足させていただきたいと思いまして」

ごにょごにょ小声でいいながら座敷に入った。

「あんたは袋叩きの目に遭うぜ。どうだ、このカメラをフィルムごと……」

高橋の脅しはまだ終っていなかった。緊張していたために数を早くかぞえてしまったのか、それとも高橋の方が硬くなって口がうまくまわらず台詞をのろくさ言いすぎたのか、そのどちらかだろう。あるいはその両方か。

「なんだ、おめえは」

高橋がじろっとおれを睨《にら》んだ。

「これは見世物じゃねえ。とっとと消え失せろい」

おれはびっくり顔を作って市長を見た。

「どうしたんです」

「よ、よくわからんのだ」

市長は床の間の上に小さくなって坐っていた。

「た、ただ、この青年は有子の、いや有子さんの主人であると主張なさっとる」

「なるほど。おれの女に手を出しやがったな、このおとしまえをどうつけてくれますか、とこういう筋書ですね。ははあ、カメラを持っていますな。フィルムを買えってわけですか」

「そ、そうなんだよ、若林君」

「わかりました。この座敷を借り切ったのはわたしです。となるとこっちにも責任がある」

　おれは、市長と高橋との間で顔を伏せ畳の毛羽を毟《むし》っていた有子を押して退《の》かせ、その後に、高橋と正対して坐った。

「わたしがお相手をしよう。ねえ、きみ、いくら出せば、そのフィルムを譲ってくれるのです」

「そうさな」

　高橋はワイシャツのボタンを二つ三つ外《はず》し、内懐《うちぶところ》から切出小刀を出し、鞘《さや》を払ってぐさりと畳に突き立てた。

「この人殺し道具を付録につけて五百万でどうだ」

「冗談じゃない。この不況時代に高すぎますよ」

「四百九十万」

「五十万までですな、出せるのは」

「バーロー。桁《けた》が一桁ちがうんだよ」

「五十万で渡しなさい」

「泣きに泣いて四百五十万」

「五十万です」

「四百万。これが原価だ」

このあたりのやりとりはアパートで何回も稽古してあるから、テンポがある。このきびきびしたテンポは傍目《はため》には緊迫感となって映るはずだ。

「……五十万」

「この野郎、人を舐《な》めやがって」

高橋が切出小刀を逆手に握って畳から引っこ抜き、右下からおれの顔面に突き上げてきた。体を右へ躱《かわ》して高橋を泳がせ、左手首を摑んでおいてねじあげる。高橋はあッと呻《うめ》きながら畳に俯《うつぶ》せに伸びた。左手首をねじあげたまま、おれは高橋の背中を右膝で押える。高橋はもうぴくとも動けぬ。すべて稽古通りだ。

「いてえ。腕が折れるよぉ」

「じゃあ、おめえ、自分の腕を四百五十万で買い戻すことだ」

「はあ……」

「おまえはこっちへ五百万でフィルムを売る。こっちはおまえに四百五十万でこの腕を売る。おまえの取り分は差引五十万」

「わ、わかった。それで手を打つよ」

「よし」

おれは左手で上衣のポケットから紙幣の束を引き抜いて、ぽんと畳の上に落した。

「ちょうど五十万ある」

じつは二万円しかない。上と下だけがホンモノで中身のあんこは新聞紙なのだ。

「市長……」

「な、なにかね」

「こういうときにWCR社の自動給茶機の効能書を申し上げるのもなんですが、そのワールド・スペシャル・デラックスはお茶や熱湯のほかに冷たい水も出るんですね。いかがでしょう、女子職員のみなさんの人権を認め、屈辱的なお茶くみ仕事から解放してさしあげるためにも、この際、思い切って、わが社の自動給茶機をお入れになってみては」

「わ、わかってる」

市長は手の甲で額の汗を拭《ぬぐ》った。

「あ、あす、市役所へ来てくれたまえ」

「ありがとうございました。それじゃ有子さん、あんたのご亭主のカメラからフィルムを抜いてください」

「こんな男、わたしの亭主であるもんですか」

毒づきながら、有子は座敷の隅に転がっていたカメラを拾いに行く。

「他所《よそ》に女をこしらえて、半年も一年もわたしを放ったらかしにしといてなにさ。こっちはあんたに捨てられたと思って、ひと月目までは泣いて暮し、ふた月目までは探して歩き、三月目《みつき》にようやっと諦めて、四月目《よつき》にどうやら立ち直り、五月目《いつつき》からは働き出し、半年目に、市長さんのようないい方とめぐり逢い、これからはわたしにもほんとうの仕合せがめぐってきそうだわ、市長さんのような方にこれからはかわいがっていただこう、そう決心をしたところへ、亭主風吹かせて舞い戻ってくる……」

有子はカメラを膝の上にのせ、あちこちをがちゃがちゃいわせていたが、そのうちに妙なことをはじめた。自分の躰を楯にして市長に手許を見られないようにして置き、すばやく左手を帯の間に差し込み、別のフィルムマガジンを抜き出したのだ。これは打ち合せにはなかったことである。

「あたしゃあんたのその五十万から一円でも貰おうなんて思っちゃいませんよ。そのかわり、二度とあたしの前に、その菅原文太の出来損いみたいな顔を出さないでおくれ」

有子は帯から抜いたマガジンを市長にも見えるように高々と掲げてぴゅーっとフィルムを引き出し、

「わかったね、この外道《げどう》」

高橋めがけて投げつけた。

5

「たったの一週間でここを引き払うだなんて、まあいったいどうしたの。だいたい家賃や礼金がもったいないじゃないのさ」

管理人室へ別れの挨拶をしに行くと、おばさんはそう言って目をまるくした。

「わからないねえ、若い人たちのやることは」

市とは、三日前に自動給茶機三十二台と超音波印鑑洗浄器八台の売買契約をすませてある。そして、一昨日《おととい》は筑波山に登り、昨日《きのう》は遊覧船で霞ヶ浦を一周した。もうこれ以上、西浦市にとどまっていても、やるべき仕事もなければ、見ておくべき名所もない。有子が「せっかくだから五、六日、ここで骨休めしましょうよ」と言い張るので、帰京をのばしてきただけである。しかし、五、六日はとても無理だ。

というようなことをおばさんにいってもはじまらないので、おれはこう答えた。

「歌謡コーラスはむりでした。それがわかったんです。これからは兄妹ばらばらに散ってそれぞれの道を歩もう、話し合いの末、そう決めました」

「なるほどねえ。じゃあテレビに出るのは諦めたのだね」

「そういうことです」

「たしかにテレビに出たからってどうってことはないし、地道に暮すのが一番かもしれないよ。それであんたはこれからどうするの」

「決めてません」

「それじゃあどうだろう、うちの知り合いがこの西浦で化粧品店をまかせられているんだけど、そこで働いてみない」

「化粧品店、ですか」

「そう。女性用の化粧品をセールスして歩くわけ」

「セールスねえ」

胸を衝《つ》かれる問いだった。もしもまた生れ変れるとして、自分はもう一度、一生の仕事としてセールスを選ぶだろうか。たぶん……。

「たぶん向いてませんよ、ぼくには」

「どうして」

「やってみればそれなりにおもしろいのでしょうが、できるならセールスマンから買う方でいたいな。その方がずっと気が楽だと思いますよ」

「そうかしら。惜しい話なんだけどねえ」

おばさんにお茶を御馳走になり、それから高橋や節子と、荷物をまとめはじめた。有子はいない。なにか用事があるといって、朝のうちから市内へ出かけていたのだ。

荷物を車に積み終えたころ、

「ちょっと待って」

堤防下の道へタクシーが停まり、中から有子が飛び出してきた。

「出発を一日のばしなさい。でなかったら、せめて夕方まで」

「なぜ」

節子が訊いた。

「この町にはもう飽きちゃったわ」

「でも、まだ仕事が残っているわよ」

「まさか」

高橋は五分刈りの頭を寒そうに掻《か》き上げた。

「売れるものはすべて売り尽したよ」

「ところが投票用紙計数器が十台、売れそうなの。というよりほとんど売れちゃった」

投票用紙計数器は一台五十五万円のマシンである。候補者別に選り分けた投票用紙を、一分間に六百枚の速度で数えることができる。都道府県の選挙管理委員会はもちろんのこと、ちかごろではちょっとした市でもこれを備えつけているのだが、この西浦市では今年、市長選や市議選が済んだばかりのはずだ。

「この次の選挙は四年先だよ。四年先のためになぜ今から計数器を買っておく必要があるんだ」

「とにかくチーフ、選挙管理委員会のお墨付がここにあるのよ」

有子はハンドバッグから便箋を一枚とり出して、おれの鼻の先に掲げた。

「仮契約書なの。選挙管理委員会の印鑑も捺《お》してあるでしょ。私印だけど。チーフ、あなたが正式の契約書を持っているのよ。さ、すぐにわたしと戻って」

「し、しかし、選挙は四年先だ」

「それがちがうの」

有子はくすりと笑った。

「じつは、小便小僧市長が、今日、市議会に辞表を提出することになっているの。市長選がすぐにも始まる。だから計数器は今年中に納入してくださいって」

「わからん。なぜ、小便小僧市長が」

「これが、前市長の泊松吉氏のところへ流れたの」

有子はふたたびハンドバッグを開いた。そしてとり出したのが、有子に挑みかかろうとしている、下半身まるだしの小便小僧市長の写真だった。フラッシュにおどろいて振り返った小便小僧市長の股間には隆々たる突起物がそそり立っている。

「こ、これはぼくが撮ったやつだ」

高橋が叫んだ。

「しかし、あのときフィルムは抜いたはずだけど」

「別のとすり替えたの」

おれはそれを見ていた。だが、こういうことに利用されるとは気がつかなかった。それにしてもいったいだれが。

「そしてわたしが泊松吉氏に渡したの。泊松吉氏はこれを材料に安井嘉平氏を脅したわけ。安井嘉平氏ははじめは『なんだ、そんな写真の一枚や二枚。わしは一向にへこたれんぞ』と言っていたけれど、泊松吉陣営にわたしが一枚加わっているのを知って、白旗を掲げた。なにしろわたしは、安井嘉平氏がその写真の破棄を条件にWCRの自動給茶機を買い入れたとき、つまり汚職が行なわれていたとき、その現場にいた生証人だもの」

浜の家の二階で、現市長と前市長とが互いに毒づき合うのを見て、おれの脳裏をかりっと引っ掻いて消え去ったものはこれだったのか。選挙は待たなくてもいい。計数器を売りたければ選挙を作り出せばいいのだ。おれはそれを捉えることができなかった。しかし、この女はそのアイデアを摑《つか》まえてふくらました。

「ひどい人ね、泊松吉って男は」

「どっちもどっちなのよ。たがいに相手が市長のときは、市政になにか落度がないかと、目を皿のようにしているのだから。こういうことがあると相手にすぐ足を引っぱられるし、なぜか選挙のたびに現市長が敗れることになっているし、双方とも市政に甘い汁を吸い上げる根をおろす暇がないのね。心ならずも選挙民怖さにせっせと仕事にはげむほかはない」

ここの市民たちは、汚い政治家と汚い政治家を上手に競わせれば善政が生れることを知っているらしい。市民会館、関東一の下水道、日本一多い清掃車、すべて市民の、この操縦によるものだろう。

「さ、はやく行きましょう」

有子はおれたちをうながして、車に乗り込んだ。凄い女だ、とおれは舌を巻いた。プロの中のプロだ。しかし、なんという汚い女でもあるのだろう。おれたちもこの女にひどく似ているにちがいない。

ペッと唾を吐き、それを靴で踏みにじって、おれも運転台のドアに手をかけた。

〝さそり〟最後の事件

1

いやな五月になりそうな気配だった。まず天候がいやらしかった。五月晴《さつきば》れということばもあるぐらいだからすこしは爽やかな風や陽光に恵まれてもいいのに今年は雨ばかり降る。天候の真似をしたのかセールスの成績もじめついていた。神田の孔版印刷所に十九万八千円のシンプレックス社製の背貼製本機を一台、新宿の警備保障会社にレンタル料が月に百五十万円のWCR一九〇〇データ収集コントロールシステム、代々木の予備校に子機五十台つきの集団用ティーチングマシン、これは三百五十万円。五月半ばのその土曜の正午まで、わが「さそり」チームが売ったビジネスマシンはこの三台だけだった。三台合せて五百十九万八千円、こんな調子では、月末まで一千万円の大台に乗せることができるかどうかはなはだ心許ない。ひょっとしたら六月に貰う給料袋は鳥の羽毛よりも軽いかもしれない。

チームの連中はそんなわけで浮かない顔をしていた。

もっとも、浮かぬ顔つきをしているのはさそりチームばかりではない。「熊」も「虎」

も「狸」も「パンダ」も、セールスチームはすべて陰気な顔をしていた。世の中全体が不況の波に洗われて湿っている。ものが売れないのは、だから当然なのだ。とくにビジネスマシン業界はひどいことになっている。前年の日米経済交渉で日本側はコンピューター関税の引き下げを呑んだが、これが大嵐となって業界全体を揺《ゆ》さぶっている。コンピューター関税が引き下げられた途端、アメリカのＩＢＭ社が大攻勢をかけてきたのだ。思うに日米経済交渉に出席したアメリカ側のおえらがたはたぶんＩＢＭから多額のお小遣いを貰っていたのではないかな。ＩＢＭとは新しい神様のようなものだ。日本の会社の経営者たちはこの新しい神様にすくなからぬ敬意を抱いている。ただしこの神様を自社にお迎えするには高い使用料を払わなければならぬので、経営者たちの相当数がそれよりは安い他社のマシンで我慢をしてきた。ＩＢＭはここに目を付けたのだ。コンピューター関税を引き下げさせ、マシンの使用料をもうちょっと安くできれば、日本の経営者は例外なくＩＢＭにとびついてくるだろう、連中はこう踏んだのだ。そしてアメリカ代表のおえらがたにちょいとばかり鼻薬を嗅がせた。連中のこの読みは大当り、おかげで大型、中型のコンピューターがまるで出なくなってしまった。ＩＢＭが根こそぎ註文を奪《と》っていくのだ。この春、東芝が大、中型コンピューターの販売部門を切り離し、日本電気との共同出資会社「日電東芝情報システム」に移すことに決めたけれど、これもＩＢＭに客を横取りされたための必死の対抗策で、いずれわが社にもはっきりした影響が、それもいやなよくない影響が……。

ついつい愚痴になってしまった。とにかくこの不況とIBMの大攻勢で大口の契約がまるで取れずみんないらいらしている。そこでその土曜の午《ひる》すぎ、さそりチーム全員を引き連れて四谷へ出かけた。みんなをすこし元気づけてやろう、みんなの元気な顔を見ればおれもすこしは勢いづくだろうと考えたのだ。荒木町の芸者を総揚げしてドンチャン騒ぎをする余裕は逆立ちしてもない。駅前のちょっと小綺麗《こぎれい》なとんかつ屋「とん金」の二階で一人前二千円のヒレかつをおごってやることにした。

二階の隅に陣取ってまずビールで乾杯した。酒の飲めない岩田有子が額に皺を刻んで不味《まず》そうにしながら小ジョッキを一気に空にした。

「珍しいこともあるものね」

有子を見て川上節子が上唇に付いたビールの泡を手の甲で軽く拭く。

「有子さんがビールをがぶ飲みするなんて、わたしはじめて見ちゃったわ」

「じつはこれ治療の一種なの。艶消《つやけ》しな話だけれど、ずうっと便秘をしているのよ。お医者さんに相談したら、一日一回、ビールを飲みなさいって」

「なんだ、くだらない」

「くだらないから便秘なの」

高橋に有子が切り返し、節子が笑い転げる。おれもにやにやしながら口の中へ枝豆を弾《はじ》く。雨の音がしはじめた。開け放ってあった窓を閉めようとして、腰を浮かし手をのばしかけたが、そのとき目の下に妙な光景が見えたので、おれは窓をそのままにして腰をまた椅子の上におろす。とん金の隣には幅一米《メートル》ぐらいの通路を隔てて、六階建のビルがある。見えているのはそのビルの一階で、窓越しに黒装束の女たちが新聞紙大のものを一所懸命に折っている。よくよく目を凝《こ》らすと、新聞紙大のものと思ったのは、じつは新聞紙そのものだった。黒装束の女たちは、ひとりの例外もなく胸に大きな銀色の十字架を下げていた。こことむこう、直線距離にして四米もないので、目が慣れてくるにつれて女たちが腰に茶色の、数珠玉を巻きつけているのも見えだした。

「どうしたんです」

向いに坐っていた高橋がおれの視線を辿りながら躰をねじり顔を斜め下へ向けた。

「行水中の人妻でも見つけたみたいな目付をしているからぼくもお相伴《しょうばん》をと思ったんだけど、相手は黒ずくめの修道女じゃないですか」

「修道女だって」

「カトリックの尼さんですよ」

「なるほど。それで十字架に数珠玉なのだな」

「数珠玉じゃないわよ、チーフ」

おれのうしろに立って見下ろしていた節子がいった。

「あれ、ロザリオっていうのよ、一種の算盤なんです。算盤というより記憶装置かな。お祈りを一回唱えるたびに一珠《ひとたま》ずつ指で押えるのね。だからお祈りの回数を間違えずにすむわけ」

「新聞を折ってどうするのだろうな」

「読者に送るに決まってるでしょう」

有子がいった。

「折って、宛名を書いた帯で巻いて、郵便局へ持って行く。おわかりですか、チーフ」

「よく知ってるなあ」

「ここへ入ってくるとき、そのビルの入口に『カトリック新報』という小さな木札がぶらさがっていたわ。だから……」

「たいした観察力だ」

「どういたしまして。ごく普通の観察力よ。チーフの方がすこし抜けていらっしゃるんじゃないですか」

「皮肉をいわれても仕方がないかもしれないな。なにしろおれはここから十分と離れていないアパートに四年前から住んでいるのに、たったいままで、こんなところに『カトリック新報』なんて新聞社があることに気付かなかったんだからね。ただし……」

とおれは三人の顔をゆっくり見廻しながらいった。

「みんなもちょっととろいよ。すくなくともマシンのセールスマンとしては落第だぜ。おれはあの光景を眺めているうちにWCR社、すなわちわが社の自動封入封帯機を思い浮べたが、みんなはなんにも思いつかなかったようだからね」

「さすがはチーフ」

節子がおれの肩に両手をかけた。

「お肩をお揉《も》みいたしましょうか」

とんかつで飯をすませると近くの喫茶店へ席を移して軽いミーティングを行なった。今度の相手はカトリックの修道女である。これまでさそりが獲物にしてきた人間はいずれも欲の皮が突っ張っていた。その欲に巧みにつけ入ってマシンを売りつけるというのが、これまでのセールス作戦のAでありZだった。しかし、今回はその手は通用しそうにない。欲を捨て色を捨て俗を脱した彼女たちにいったいどういう手を使えばいいのだろうか。まるで見当がつかない。

「よし、月曜の朝十一時にこの喫茶店に集まろう。それまでに情報を集めておく」

おれは伝票を摑んで一足先に喫茶店を出た。そして四、五軒先の名刺屋（そこは印鑑店も兼ねていたが）で次のような名刺を百枚註文した。

しんぶん新聞社
論説主幹　若　林　文　雄
港区新橋×の×の×
TEL××××―××××

ことわるまでもないだろうが「若林文雄」以外はすべて架空、嘘っぱちである。「並製名刺百枚で千八百円」と貼り出してあったので千円札を二枚出し、

「明後日《あさって》月曜の朝九時までに頼む」

といったら、名刺屋の親父は、

「それならもう千円いただきます」

と指を一本立てた。

「一週間後に納品というのなら千八百円でよろしいのだがね」

まったく油断のならない親父だ。おれは溜息をつきながら千円札の上に百円玉を八枚並べた。もっとも他人《ひと》の悪口をいう資格はこっちにもない。いや、こっちの方がはるかに油断がならないか。なにしろ一面識もない、キリストに仕える聖処女たちに一千五百万円の機械を売りつけようとしているのだから。WCR自動封入封帯機。こいつは畳三帖分もある鉄の塊で重量六百キロ、たとえば、一方の台に帯封を七千二百枚、もう片方の台に新聞を七千二百枚載せてボタンを押せば、きっかり一時間後には、縦五十六糎《センチ》・横四十糎の新聞が縦二十八糎・横十糎に折り畳まれ、帯封までかけられて七千二百通の郵便物になっているというビッグマシンである。操作ボタンの組合せによっては、ダイレクトメールでも招待状でも、とにかく「紙をある大きさに折り畳み封筒に入れる」ことならなんでもやってのける。ただし、このマシンはまったくといっていいほど売れていない。能力《ちから》がありすぎるのだ。いくら便利でもそのへんの精肉屋が電気肉切鋸を備えつけるとは思われず、三反歩の田んぼに自動田植機は便利すぎてかえって無駄であり、月に最低一度は自宅に客を招いてパーティを催すアメリカの家庭ではたしかに自動皿洗い機は役に立つだろうが、日本の家庭にそのままそれを持ち込むと場所をとるばかりで、たちまち無用の長物になりさがる。このビッグマシンにもこれと似た欠点があった。

2

月曜の朝十時、出来たてのほやほやの、擦《こす》れインキで指が汚れてしまいそうな名刺を、とん金の隣ビルの一階受付に差し出した。受付嬢も日本人の修道女である。

「突然ですが、カトリック新報の発行責任者にお目にかかりたいのです」

ベレー帽を脱いで頭を下げた。ベレー帽は「小さな新聞の論説主幹」らしく見せるための小道具のつもりである。もうひとつ、おれはこのベレー帽にある大事な役目を担わせていたのだが、それにはあとで触れる。

「しんぶん新聞社」

修道女が首を傾《かし》げた。そこですかさず、

「お聞きになったことはないはずです。なにしろ六月一日発刊の予定ですからな。週一回の発行です。読者は主として新聞社の人たちや読書人たちになるでしょう。つまりですな、現行のあらゆる新聞についての批評や情報を掲載し、新聞界の質を高めようというのがわたしたちの狙いなのです」

と思いつくまま並べ立てた。

「さてこの『しんぶん新聞』には『こんな新聞あんな新聞』という連載読物を予定してい

るのですが、その第一回にこちらをとりあげさせていただきたいと思っております。もちろんこちらを批判しようというのではありません。ここにこんなユニークな新聞がある、機会があったら一度お読みになってみてはいかが、これがそのつづきものの企画意図でありまして……」

「ちょっとお待ちになってくださいね」

修道女は名刺を捧げ持つようにして立ちあがり、

「テレジア童貞様をお呼びしてまいります」

「テレ……、テレジア童貞様」

「わたしども善《よ》き牧者の会の東京修練長です。カトリック新報の発行責任者でもいらっしゃるのですよ。どうぞこちらへ」

黒いロングスカート（きっと別の、正しい言い方があるのだろうが）の裾《すそ》をひるがえし廊下の奥へ歩き出した。廊下の左側にドアが五つ六つ並んでいた。右側は湯沸し室に手洗い、そしてその奥に広い作業場があった。作業場には、頑丈な造りの木の台が二列。十数人の黒装束の修道女たちがビスケットと紅茶を前に休憩しているのが見えた。おれは心のなかのカメラのシャッターをつづけざまに押す。べつにいえば、その場の印象を心に刻みつけた。「ほとんど詐欺師に近い」セールスマンにとって、これは大切な作業のひとつだ。

いつどこに売り込みのための手がかりになるものが転がっているかわからない。こういったなにげのない光景があとで大いに役に立つ。長い「だまし」の生活から得た、これは鉄則のようなものである。修道女たちに美人の多いことと、五十歳ぐらいのおじさんがひとり混ってにこにこ紅茶を飲んでいることと、作業場の隅に電動宛名印刷機の置いてあるのが目についた。土曜の午後、隣のとん金の二階から眺めることのできたのはこの作業場であったか。また新聞のシの字も見えないのはもう発送をすませたからだろうか。

「こちらでどうぞ」

受付の修道女がふたつ目のドアを押した。

「テレジア童貞様をすぐお連れいたします」

簡素な洋間だった。広さは、和室に直せば六帖ぐらいか。応接セットのほかにあるのは壁に十字架、隅にカトリック新報の綴《と》じたのが架っている新聞架けのふたつだけ。まずベレー帽をソファの下に押し込んだ。これはわざと置き忘れて行くつもりである。後日、もういちどここを再訪しなければならぬという必要が起ったときは、このベレー帽を口実にすれば怪しまれない。「熱心な新聞人」を装うためにカトリック新報の綴《つづ》りをテーブルにひろげる。一面の下の方に、この号の発行部数は一万八千部です。どうかあなたの周囲を注意深く見回してみてください。そしてカトリック新報をまだ読んだことのない信者がおいでてしたら、おすすめください。二万部を超すことができれば、経営がいっそう円滑になります。増ページも断行できます。

どうかご協力ください。

という「かこみ」が載っていた。なるほど一万八千部では苦しいだろうな、と思った。これは無理だ、千五百万の買物をさせるのは不可能かもしれないな。電動宛名印刷機が作業場に置いてあるのを見たときは（これは脈あり）とピンときたのだが。たしか、あれは芝々電機の「モデル72」型だ。ボールペンの黒で書いた宛名カードを装置しボタンを押せば、毎時三千五百枚の速度で宛名印刷済みの封筒が出来上るというやつ、値段は六十八万か九万のはずである。こういう最新機を入れているところをみると、ここの経営者、決して「機械嫌い」ではないだろうと踏んだのだが、しかし発行部数が一万八千ではなあ。すくなくとも三万はいっているだろうと思ったのに。

「お待たせしました」

背の高い外国人の修道女が紅茶茶碗をふたつのせたお盆を持ってあらわれた。お盆の隅におれの名刺の載っているのが見えた。そのうちあの名刺、取り返さなくてはならぬ。おれが置き忘れて行く予定のベレー帽のことで「お忘れものがありましたよ。大切に保管しておきますから、いつでも都合のよろしいときに取りにおいでください」などと名刺の番号に電話をかけられては困る。なにしろでたらめ番号なのだから。

「わたし、テレジアと申します」

完璧な日本語だった。

「どうぞ」

紅茶をおれの前に置いた右手の指の細くて白いこと。

「お忙しいところ恐縮です。しかしお手間はとらせません」

「いいんですのよ。月曜の十時すぎは一週間のうちで一番ホッとしている時間なのですから。お昼まではなんの予定もありません」

修道女をこんな近くでみるのは生れてはじめてだ。黒い修道服と頭の黒いかぶりものとで、躰の表面積の九十五パーセント以上を隠しているから、顕《あら》わにされた五パーセントはとても白く感じられる。映画のスクリーンが、それだけみるとかすかにクリーム色をしているのに、黒布で縁取られると眩いほどの白さになるが、あれと同じ原理だ。

「なにからお話ししましょうか」

正確な年齢がわからない。若くはないことはたしかだがそうは年を喰っていないこともたしかである。二十五歳から五十歳までの間らしい。これは化粧というものを一切していないせいではないか。「年齢と化粧の厚さとは正比例する」というのが、これまでのおれの、女性の年齢判別法だったが、それが当てはまらないのだ。それにしても鼻筋とおって目はパッチリの、こういう美人に一生を捧げられちゃったりしてキリストはほんとに果報者だ。

「どうかしましたか」

「そのう、なんですな、月曜の今頃がどうして週でもっともホッとなさる時間なのでしょうな」

「新聞の発送が終るからですよ。肩の荷をおろした、という日本語の表現がありますが、このことばのニュアンス、ほんとによくわかります」

「一週間のスケジュールはどうなっておりますか」

「月曜日は朝のうち新聞発送、午後は編集会議です。火曜は取材、執筆者が必要であればその依頼、これで一日つぶれます。水曜日は割付、出来た原稿は印刷所へ……」

「ちょっとお待ちください。原稿をお書きになるのもみなさんのお仕事ですな」

「いいえ、わたしたちはあくまでも助手ですわ。二階が編集部になっていますけれど、そこには五人の専門スタッフがおります。日本人の信者男性、みなさんプロです。編集長は元朝日新聞の編集委員をなさっていた方。木曜日は校正、金曜の午後は宛名刷り、そして発送の準備、土曜もまた同じですね」

　おれの頭ではロシア民謡の「一週間」が鳴っていた。

「つまり月曜の朝でひとつのサイクルが終るのです」

「作業場に中年のおじさんがいましたね。あの方は」

「各地の教会に送る新聞を荷造りしてくださいます。三十部とか五十部とか、それぞれの教会でうちの新聞をとってくださっていますからね。新聞をお送りしている教会の数は二百五十ぐらいでしょうか」

「ほかのお嬢さんたちも発送をなさっているようですが」

「個人の購読者が一万人いらっしゃいます。個人の購読者あてに発送するのが彼女たちの仕事ですね。新聞を折って、帯封をかけ、糊で貼る……」

「お嬢さんたちは何人いらっしゃいます」

「十七人です。あ、ここで申しあげておきますけれど、彼女たちはお嬢さんではありませんよ。全員、修道女です」

「どうも。それで十七人の修道女で一万通の郵便物をつくるのはさぞかし骨でしょうな」

「ホネといいますと」

「大変でしょう」

「十七人の修道女で十時間ですね」

するとと新聞を折って、帯封をかけ、糊で貼るのに、一人で一分間かかるのだな、と頭のなかの計算機を働かせる。一時間で六十通、十時間で六百通。十七人が十時間働けば一万二百通。だいたい計算は合う。

「ときにあなたがたの新聞は赤字のようですね」

さっきのかこみ社告を指《さ》しながらきいてみた。

「赤字をどう埋めていらっしゃるのですか」

「わたしたちの修道会の活動方針は一に教育、二が出版です。函館と神戸と広島に女子高校がありましてね、そちらの方から助けてもらっていますよ」

「なるほど」

「もっと大きな赤字はローマ本部が助けてくださいます。ローマ本部は、すくなくとも日本管区よりはお金持ですからね」

パチンと指を鳴らした。むろん、心の中で、だ。千五百万円の機械をむりやり押しつけたせいでこういう美人が苦労するとなるとしばらく夢見が悪い。が、大金庫がローマにあるというならやりやすい。これはどうしても売りつける一手だ。

「みなさんの一日は」

「朝五時起床」

　こっちが寝るころだ。

「五時十五分に御聖堂《おみどう》に入ります。一時間お祈りをして、六時十五分に上智大学からお手すきの神父様をお迎えして御ミサです。ミサには近所にお住いの信者のみなさんも参加なさいますよ」

「たしかにこのビルと上智大学とは近いですな」

「いいえ、赤坂の乃木坂まで毎朝おいでくださるんです。わたしたちの修道院は乃木坂にありますから。日本管区の本部をかねた六階建の建物ですわ」

　やっぱり金持なのだ。都内の一等地にそれぞれビルと修道院。千五百万ぐらいふんだくったってどうということはないだろう。

「七時朝食。八時に修道院を出て、八時半にここへ到着。十時紅茶とビスケット。十二時こちらで昼食。三時紅茶とトースト一枚、それに果物。五時にここを出て、五時半から六時まで夕べの祈り。六時夕飯。八時から九時までお祈り。九時すぎに就寝。これがわたしたちの毎日です」

「ご苦労です」

思わず頭をさげてしまった。ディオールだ、ルイヴィトンだ、サンローランだ、奈良だ、京都だ、コーラルアイランドだ、海外旅行だと結婚前の執行猶予期間《モラトリアム》をはしゃいで浮かれている会社の女の子たちと同年齢の娘たちが、ここではお祈りと労働に明け暮れている。これはまったくたいしたことだ。

「さて、さんざん回り道しましたが、いよいよ編集方針などをおうかがいしましょうか」

「第一はカトリック婦人のよき伴侶たれ、ということですわ」

テレジア修練長は滔々《とうとう》としゃべりだした。こっちはもう必要にして充分な情報を手に入れてしまったから、彼女の声は右耳から入れ左耳から出し、ただうっとりとその顔に見とれてすごした。途中でテレジア修練長は資料をお見せしたいと言って三十秒ほど部屋を出て行ったが、その隙に例のインチキ名刺をこっそり回収したことはつけ加えるまでもないだろう。

カトリック新報社を出たときは十二時を過ぎていた。待ち合わせの場所の、トリオという喫茶店では高橋と節子がすこし脹《ふく》れっ面《つら》をして待っていて、おれの顔をみるなり、節子が、

「有子さんもまだなのよ」

とさらに口を尖《とん》がらせた。

「主将《リーダー》と副将《サブ・リーダー》が一時間以上も遅刻だなんてひどいわ」

たしかに有子が遅刻するのは珍しい。

「おれのアパートにも連絡はなかったな」

「病気かなんかでしょうか」

高橋が眉を寄せる。

「病気なら二、三日休むがいいさ」

やってきたウエートレスにコーヒーを言いつけてどっかりと腰をおろし、

「きみたちも明日と明後日はゆっくり休んでいいよ」

とつづけた。

「これは今日遅れてきたお詫びだ」

つい今しがたまで新聞をどうやって発送しているのか根掘り葉掘り聞き出してきている。その後にすぐ、たとえば高橋なら高橋がWCR自動封入封帯機のパンフレットを持ってセールスに行ったのでは、おれと高橋のふたつの来訪の間にはなにか関係がある、くさいぞとテレジア修練長に疑われてしまう。このふたつの来訪にはできるだけ長い間をおいた方がいい。おれはテレジア修練長から聞き出したことを二人に報告し、

「そういうわけだから水曜までお休みにしたのだよ」

としめくくった。

「すると今回は堂々と正面からセールスするつもりなのですね」

高橋はつまらなそうな表情になった。

「四人がそれぞれ何に化け、そうしてどういう奇襲戦法を使って千五百万の鉄の塊を売りつけるのかと、たのしみにしていたのですがね」

「策を弄するのは、高橋君の正面からの売り込みが通じないとわかってからでいいよ」

「こら、チーフ」

節子が睨《にら》む真似をした。

「さては獲物に情を移したな」

「そ、そういうわけではないがね」

頭を掻いてごまかし笑いをしているところへ有子が駆け込むようにしてやってきた。

「ごめんなさい」

蒼い顔をしていた。

「電車のなかで気を失ってしまったの。新宿駅のベンチで休んでいたのでおそくなっちゃいました」

「どうしたんだい」

「それがね、……どうもいいたくないの」

「なるほど」

自分でいうのもなんだが、おれはこの三人の部下のことならたいていのことは承知している。有子の毎月の客人が横暴なやつでその上長っ尻であるのも知っている。またいつものなにが始まったのだな、と気をきかせて、

「それでは今日はこれで解散だ」

といった。

「高橋君は木曜の十時にカトリック新報へ例のブツを売り込みに行ってくれ。『カトリック新報』という看板をみて、ふっと思いついて寄ったのですが……という感じでやるんだよ。ほかの者は十一時にここへ集合。以上だ」

高橋と節子は勢いよく頷《うなず》き、有子は頷くかわりに下腹のあたりへそっと手をやった。

3

三日後の木曜の十一時、トリオへ入って行くともう三人揃っていた。有子の顔色が冴《さ》えないのは三日前と同様だが、高橋も沈んだ表情をしていた。

「だめだったようだね」

「取りつく島なしってやつです」

高橋は溜息をついた。

「キリストはわたしどもに十七名の働き者の娘たちをおつかわしくださいました、この娘たちのいるかぎりそんな機械は必要ありません。テレジアというイタリア人の修道女はこういってましたよ」

「おれならそこですかさずこういうがね。『一万八千部だからそんなのんきなことをいっていられるのです。二万部にふえて、個人購読者へ送る分が一万二千部になったらどうなさいますか』とね」

「ぼくもそう追い討ちをかけましたよ」

「それでテレジアさんの答は」

「たしかに来年の四月ぐらいには二万部を超すかもしれません。でも、そのときは現在修練中の五人の見習修道女がそろって一人前になります。だから手は足りると思います」

「おれだったらさらにもうひと押しするな。『テレジアさんのお考えは、修道女全員が常に健康である、という仮定の上に立っていらっしゃる。だが、修道女のなかから病人が出たらどうなさいますか。それも一人や二人ではなく、たとえば五人が一度にひっくりかえるというようなことになったら……』とこう押す」

「もちろん、ぼくだってそれぐらい思いつきましたよ。ところが彼女は自信満々たる口調で、うちの娘たちが一度に何人も寝込むなんてことはありません、と反論してきました。で、そのとき聞いたんですが、修道女に志願してくる娘さんにはずいぶん厳重な検査をやるらしいんです」

まず志願者をカトリック系の病院に入院させ、一週間にわたって精密に躰を調べるのだそうで、と高橋はいった。これにパスした者が修道院に入ることを許されるが、修練期間中も躰は徹底して調べられる。だから修道女になることのできるのは頑健なものだけ。さらに早寝早起、最低七時間半の睡眠、質の高い食事、規則正しい生活、おまけに煙草は吸わず酒も飲まず、躰に悪いようなことはなにひとつしない。

「これで病気になったらなるほうがおかしい。テレジアさんはそういって胸を張っていました。それからもうひとつ、修道女が健康なのは、酒乱の夫に仕えることもなければ、夫の浮気に悩むこともない、また子どもを一流大学へ入れなくてはとがんばる必要もない、つまり一切神経を使わずにすむ、これが大きいんじゃないか、ともいっていましたね。あの修道会の修道女はたいてい七十五歳ぐらいまで元気でいるそうですよ。日本管区長のマルガリータというイタリア人は八十歳だとかいってました。日曜日には修道院の庭で芝上玉転《ローン・ボウリング》がしはやるし、二時間ぐらいの講演は平っちゃらだし、夏は函館へ、冬は神戸へとひとりで出かけて行くらしい」

「化物だね」

「とにかくつけ込む隙はありません」

「そうか。あの十七人の修道女をいっときに病気にでもしなきゃマシンは売れそうもないね」

「十七人の修道女を病気にする方法なんてあるんですか」

「ないことはない。夜中にあのビルに忍び込んで水道管の中に砒素《ひそ》を塗りつけておく」

「なんだ、冗談か」

「修道女って女かしら」

そのときまで零《こぼ》れた水を絵具がわりに指先を筆にしてテーブルの上に悪戯《いたずら》がきしていた節子が不意に顔をあげた。

「どういう意味だい」

高橋は自分の咥《くわ》えていた煙草の煙にむせて咳を三つ四つ連発した。

「女性としての機能はあるのかしら」

「あるなんてもんじゃないぞ」

テレジア修練長の、口紅は塗っていないのに妙に濡れていた、厚くて恰好のいい唇を思い泛《うか》べながら、高橋にかわって答えてやった。

「みんな美人だ。とくにそのテレジアさんの女振りのいいことと来たら、そうだな、ソフィア・ローレンが尼さんの恰好をしていると思えばまずまちがいはない」

「十七人の修道女が女ならば手はある。修道女のみなさんにはお気の毒だけど、同じ日に……」

ここで節子はちょっといいよどみ、そのうちに水と指とでテーブルに漢字を二個書いた。

「……これになっていただくの」

「こっちは経の字だな、経済の経」

おれが自分に近いほうの漢字を判読すると、高橋は別の字を、

「こっちは月です」

と読みあげた。

「順序が逆だわ」

節子が注意したので、経と月を逆にして読んでみた。おどろいた。

「修道女たちが一斉にこうなったら、新聞の発送はできなくなるわ。そのテレジアという方、きっと困り果てると思うけどな。おじさんひとりじゃどうにもならない。こういうこ

とがまたいつか起るかもしれない。どっかのセールスマンがたまたま自動封入封帯機を売り込みにきたのは今にして思えば神のお導き。それにあの機械があれば土曜のお昼までに発送をすませることができるかもしれない。ひとつピサの斜塔から飛びおりるつもりで」

「清水寺、だろう」

「イタリア人だからピサの斜塔でいいのよ」

「まあ、勝手にやってくれ」

「とにかく思い切ってあの機械を入れてみようかしら、と考え、セールスマンの置いて行った名刺を手にして電話のダイアルをまわしはじめる。こういうことにならないかしら」

「たぶんならないだろうね」

　高橋は新聞をひろげて、

「ばかばかしい。どうやって彼女たちを同じ日になにににするんだい。そんなことできやしないぜ」

「ではこの後は有子さんにバトンタッチ」

　節子は有子に向って、さあどうぞ、という仕草をした。有子はしばらく両手で顔を覆ってなにか考えていたが、やがて、

「さっき、節子さんと常習便秘になるといかに辛いかという話をしてたんです」

ゆっくりした口調ではじめた。

「じつはわたしがその常習便秘なの。これがもとでいつも頻発《ひんぱつ》……」

と、テーブルの上の経と月の文字を指し、

「これ症状になってしまう」

指した指に水をつけ、テーブルの上に「子」と「宮」の二文字を書いた。

「つまり、ここが宿便で圧迫されてそのときでもないのに、はじまるんです。わかりますか」

こういう話はよくわかる。おれは頷いた。

「便秘するたびにそうなってしまう。月曜日がじつはそうでした」

「チーフ、下らないですよ」

高橋は新聞を改めてひろげ直した。

「たしかに頑固な便秘はその頻発なんとか症状の母かもしれない。でもどうやって彼女たちを一斉に便秘にしようっていうんです。できっこないでしょ、そんなことは」

「しーっ、黙ってて」

節子が手をあげて高橋を制した。

「わたしたちの話はここから始まったというだけよ。つまりここまでが枕なの。本論はこれから」

「お医者通いをしているうちに、お医者がある患者さんにわざわざこの頻発なんとか症状を起させようとして薬を与えていることを知ってびっくりした。だってわたしはこの症状を治すために通院している、ところが一方にはこの症状になりたくて仕方のない女《ひと》もいる。世はさまざま。そういう話をしてたんです」

「その患者さん、どこがいけないのだい」

「それがね、チーフ、その人は」

有子は経と月の水文字をトンと叩いて、

「これがないんです。そこで黄体ホルモンのひとつ、ゲスターゲンという薬を三日間服用させる。すると四日目に人工的なこれ」

とまたテーブルの経と月を指した。

「これが起る。そこでまた服用させる。これが起る。そうやってくりかえしている間に癖がついて、やがて本当のこれが周期正しく起るようになるわけ。この薬の使い道はまだほかにもある。自分の周期では十五日後にこれになりそうってことがわかってる。ところがそのころに旅行を予定していた。どうしよう……」

「わかった。今日から三日間そのゲスターゲンを飲むんだな」

「そうなの、一日三回、一錠ずつこれを飲むんです。すると四日目にこれがはじまる。旅行へは、だからこれの心配せずに出かけることができる」

「ようし、二人でそのゲスターゲンとやらをできるだけたくさん手に入れてきてくれ」

思わず大きな声を出してしまった。隣のテーブルで少年週刊誌をめくっていた学生が目を剝いてこっちを見ていた。がしかし構うものか。さそりはいま動きだそうとしているのだ。

「そのゲスターゲンをどうやって修道女たちに飲ませるかはこのおれが考える。あとのことはすべてこのビッグショットにまかせておけ」

ビッグショットというのは英語の俗語で「大物」とか「おえらがた」の意味だ。WCRはアメリカ資本が七十五パーセントを占める会社で会長もアメリカ人、重役も三分の一以上が紅毛碧眼《こうもうへきがん》の持主である。そこで気取ってものをいうとついこのように門前の小僧習わぬ英語の俗語を口走るといういやらしい図になってしまうのだ。

4

次の週の水曜日まで、おれは次の三つの作業に没頭した。まず、カトリック新報へ電話を入れて、例のテレジア修練長と以下の会話を交わした。

──しんぶん新聞社の論説主幹の若林ですが、過日はインタビューに応じてくださってありがとうございました。ところでふたつ忘れものをいたしましたので、今日はお詫びかたがた電話をした次第です。

──ひとつはベレー帽でしょう。ソファの下に落ちていました。さっそくお知らせしようと思ったのですけれど、どういうわけかあなたの名刺が見えなくなってしまいまして。それでもうひとつの忘れものというのはなんですの。

──取材のお礼を忘れておりました。

──おや、そんなこと気になさらないでくださいな。

──いや、このままではどうも気がすみません。そのうちに必ずうかがいますから。

──それではお待ちしておりますわ。できるだけ早くいらっしゃってくださいな。

第二の作業は三越で買い求めてきたリプトンの紅茶《ティー》バッグを一袋ずつ解体することだった。袋の閉じ目を上手に剝《は》がし、細かく砕き潰したゲスターゲンを紅茶のハッパに混《こん》じ、濃い砂糖水を接着剤がわりに、開けたところを丁寧にくっつける。百二十袋の「粉末ゲスターゲン入り・リプトン紅茶バッグ」を作るのに、高橋と二人がかりでまる三日かかった。

さらに先日カトリック新報社を訪ねたとき、湯わかし室のあたりに、紅茶の香りにまじって焙《ほう》じ茶の匂いがしていたことを思い出し、ゲスターゲンで強化した焙じ茶を大きな紙袋にひとつこしらえた。つまりこれが三番目の作業。砕いてお茶で溶かしたゲスターゲン水に焙じ茶を漬けてフトン乾燥機で乾かしたのだが、こっちは一日で仕事がすんだ。

右のふたつの作業のために必要としたゲスターゲンは全部で百八十錠であるが、有子と節子はこのために一日平均五、六軒の産婦人科医院をハシゴしたようである。「六月一日の大安吉日に結婚式をあげる予定だが、ちょうど月経とぶつかりそうだ。式をくりあげるわけにはいかないから月経の方をくりあげたい」とたのむと、どこの病院でも十錠ぐらいならすぐくれたという。二人が集めてまわったのはほとんどが塩野義のノアルテンというゲスターゲン製剤だった。つまり同じゲスターゲン製剤でも製薬会社によって名前と処方のこまかいところがちがうわけだ。このノアルテンは副作用がない。だから医師は気やすくこれを投与してくれたのだろう。副作用があるとすればただひとつ、

「妊娠時に使用すると胎児が男性化する可能性がある」

のだそうだが、まさか修道女が妊娠しているとは思われず、したがってさそりチームはまったく良心の呵責《かしゃく》などは感じなかった。それにさそりチームのモットーは「機械を売るためならよろこんで自分の魂さえも売る」なのだ。

水曜日の九時四十五分、焙じ茶を入れた紙袋を左手にさげ、紅茶バッグ百二十袋入りの箱と泉屋のクッキーの罐《かん》を右手に抱えてカトリック新報の応接室へ入って行った。間もな

くテレジア修練長がやってきて、

「はい、お帽子をどうぞ」

といいながらこのあいだわざと置き忘れていったおれのベレー帽をテーブルの上にのせた。

「つまらぬものですが」

クッキーとゲスターゲン入りのリプトン紅茶を差し出した。

「ありがとうございます」

テレジア修練長はおしいただいて、ドアから廊下へ躰を半分出し、受付の修道女を呼び寄せ、

「ちょうど紅茶を切らせていたところだったでしょ。そこへこんなにたくさんいただいちゃって。これも天主様のありがたいお計いですよ。さっそく入れて持ってきてくださいね」

とこういいつけた。ゲスターゲンを男性が服用したらどうなるのか。そこまでは研究していなかった。受付の修道女がゲスターゲン入りの紅茶を入れて持ってくる前に、有子と節子が駆け込んできてくれるようにと祈りながら、テレジア修練長と毒にも薬にもならないような話をしていた。やがて紅茶とクッキーが運ばれてきた。自分の持ってきたものを

敬遠するというのも変なので、おそるおそる紅茶に口をつけた。味に異状はなかった。テレジア修練長は一口啜《すす》って、

「ああ、おいしい」

と唸《うな》った。首尾は上々だ。

そのとき、廊下がさわがしくなった。

「おねがいです、修道女になりたいのです。世の中がつくづくいやになってしまったんです。わたしを助けてください」

節子の声だった。おれは素知らぬ顔でクッキーをかじる。つづいて、

「その女より、わたしの方を先に助けてください」

有子の喚《わめ》き声が廊下を奥の作業場に向って移動して行った。

「その女がわたしの主人を横取りしたんです。主人はその女に結婚を迫られて困り抜き、とうとう蒸発してしまったんです。おまえがしつっこすぎたんだ」

「あんたの方こそさっさと身を引きゃよかったのよ。あんたよりあたしの方がひとまわりも若いんだ。あの人は、だから、あたしのことうんと気に入っていたんだ。あんたが引けどきを知らなかったのがこの悲劇の原因よ、あんたが追いつめてしまったのよ。このウバザクラ」

「なにを、この小便たれ」

作業場から悲鳴があがった。打ち合せどおり節子と有子は取ッ組み合いをはじめたようである。ドアが開いて受付の修道女がとびこんできた。

「テレジア様、世の中に望みを失ったから修道女になりたいとおっしゃって女の方が二人受付へ見えたんです。そう簡単には修道女にはなれない、まず所属教会の主任神父様にご相談なさってください、と申し上げていると、その二人が突然、口喧嘩をはじめて……」

「わかりました」

テレジア修練長は紅茶を飲みほし、

「わたしが話をしましょう」

「それではこっちもこれで失礼いたします」

焙じ茶の入った紙袋を引き寄せながら立ちあがった。

「それにしても大変ですな。ああいうわけのわからん志願者の相手もなさらなくちゃいけないんですから」

「なれておりますわ」

テレジア修練長はおれたちのために道を譲ってくれた。

「修道女になるためにはまずカトリック信者でなければならないこと、次に未婚に限ること、親や兄弟や後見人の承諾がいること。そういったことを淡々と説明するうちにたいていみなさん冷静になられるようです」

廊下に出て作業場を見る。安物の、派手なドレスに赤毛のカツラの節子と、ぴらぴらの着物に厚化粧の有子が睨み合っていた。そしてこの二人を修道女たちが二手にわかれて必死で引きとめている。

「ひどいものだ。あの二人はテレジアさんがいまおっしゃった条件にひとつとして当てはまってはおらぬようですぞ」

「そのようですわね。ではご機嫌よう。しんぶん新聞の創刊号、たのしみにしております」

テレジア修練長と受付の修道女は作業場の方へ小走りに去って行った。それを見届けてから、湯わかし室に入った。紙袋の中からビニール袋をとり出し、そのへんを見廻す。棚の上にお茶の罐が並んでいた。片っぱしから罐の蓋《ふた》を取る。どの罐も中身はすべて焙じ茶だった。ビニール袋に焙じ茶を移し、かわりにゲスターゲンで強化した焙じ茶を補充する。三分間で「仕事」を終えて湯わかし室を出た。朝の十時と三時にゲスターゲン入りの紅茶、昼食にゲスターゲンで強化した焙じ茶。これで修道女たちは日に三回、ゲスターゲンを服用することになる。あとは三日後の土曜の朝まで待つだけだ。受付を通りすぎたところで作業場を振り返ってみた。節子と有子はまだ揉《も》めていた。

5

土曜日、おれと高橋は朝の七時からデスクに待機していた。テレジア修練長から「WCR販売促進部第三課第五係」へ電話が入ったのは十時を過ぎていた。この販売促進部第三課第五係というのはさそりチームの正式な名称である。

「はい、第五係の高橋です」

電話に出たのはむろん高橋だ。おれはテレジア修練長にとっては「しんぶん新聞社・論説主幹」ということになっている。電話に出ては仕掛《からくり》がばれてしまう。

「やあ、これはこれは、テレジア童貞様でございますか。このあいだはお忙しいところ失礼いたしました」

「じつは急なおはなしなのですが……」

高橋が自分の耳と受話器との間に二糎《センチ》ばかり隙間をこしらえてくれたので、おれにもテレジア修練長の声が聞えてくる。重い声だった。

「この間の自動封入封帯機を入れることにいたしました。たったいま日本管区長のマルガリータ童貞様のお許しをいただいたところです」

「ありがとうございます。しかし、この間、そちらへ参上してご説明いたしましたときは、全くその必要がないとおっしゃっておいででしたね」

「ええ、まあ、あのときはね」

「こうやってお買い上げくださるのはうれしい愕《おどろ》きですが、あのう、なにかあったんでございますか」

「い、いいえ、べつに」

「たとえば修道女のみなさんが一度にご病気をなさったとか、なにかそういうことがあったのでしょうか。テレジア童貞様のお声も、どうももうひとつ冴《さ》えないような気がいたしますよ」

「それがどうも頭が痛くって、両足が攣《つ》って」

言いかけてはっと息を飲む気配。

「そんなことより条件がひとつあります」

「はあ」

「今日のお昼までに入れてください」

「サービス課にそう申しつけておきます。三時ごろには始動するでしょう。それから、据付けに行った者を今日一日、ご自由にお使いください。働かせてかまいません」

「助かります。発送係のおじさんにそういっておきます」

「なお、サービス課の連中と一緒に営業部のものも差し向けます。これは契約のためですが」

「月曜日にしてくださいませんでしょうか。具合が悪くて動けないんです。いつもはこんなにひどくはないんですけれど」

「いつも……」

「いいえ、こちらのことです。では、月曜日に」

「承知しました」

「くどいようですけれど、今日、入れてくださいね」

「事情はわかっているつもりです。お任せください」

「では」

「さようなら」

受話器をおいた高橋はおれに抱きついてきた。

「チーフ、これで五月もなんとか恰好《かっこう》がつきましたよ」

「ああ」

高橋の肩を軽く叩き返した。

「今度もどうにか決めたな」

「しかし壮観だろうなあ」

「なにが……」

「修道女たちを一斉に客人が訪問する、その有様が、ですよ」

月曜日の朝、デスクにたむろしていたさそりチームへ加美山重役から呼び出しがかかった。

「全員、会長室へくるように」というのだった。こんどの取引きの成功をじきじきにほめてやろうというのだろうか。

だが、会長の顔は赤鬼そっくりだった。おれたちを見るなり、

「ブーン・ドッグラー、サッド・サック、グーフ、サップ、ジャッカス、ブーブ、ブロックヘッド、ピンヘッド……」

と喚き立てた。「役立たず」の、「ぼんくら」の、「間抜け」の、「のろま」の、「とんま」の、「馬鹿」の、「でくのぼう」の、「ぼけなす」。これはどういうことだろう。

「ピーターソン会長はカトリック信者でいらっしゃる」

加美山重役がいった。

「キリストのお友だちにしてはことば遣いがひどいですな」

とっさにいい返してやった。

「こういっちゃなんですが、六百キロの鉄の塊を千五百万で売って差し上げたわれわれに対してすこしことばが強《きつ》すぎると思いますよ。いったい何が気に入らないとおっしゃっているんです」

「だから会長はカトリック信者でいらっしゃる、といっているのだ。毎日曜、近くの修道院付属の御聖堂《おみどう》で御ミサにお与《あずか》りになる。その修道院というのは『善《よ》き牧者女子修道会』なのだが、どうだ、心当りがあるだろう」

どきりとした。

「昨日、会長は御ミサのあとで、その修道会の日本管区長マルガリータ童貞様に朝食を誘われた。たまに修道院の朝食でもいかが、というわけだ。その朝食の席で、日本管区長のおばあさんが会長にこう言ったそうだ。『あなたの会社に自動封入封帯機がありますね。あの機械の原価はおいくら』。熱心な信者でいらっしゃる会長はその場からすぐこのわたしに電話を下さった。わたしは営業担当の重役であるから、WCRの全製品の原価や売価をそらんじておる。そこで『原価は九百万もいたしません』とお答えした。当然、会長はわたしの答えをそのまま、そのおばあさんにおっしゃった。するとそのおばあさん曰《いわ》く、

『それではその機械を原価でいただきます。ピーターソンさん、あなたは同じキリスト者である、この貧しい姉妹たちから儲けようなどとはなさらないでしょう。そんなのいやでしょ』……」

このとき、ピーターソン会長がまた吠え立てた。なにを吠えているのかわからない。ただ、ときどき間にはさまれる悪態ことばはわかる。おれたちも口真似で使うときがあるからだ。ダブ（へま）、バター・フィンガー（とりこぼし野郎）、ハム（へぼ）、グリーン・ホーン（青二才）、ヘイシード（田吾作）……。だんだん腹が立ってきた。

「会長はいま、こうおっしゃった。『カトリックの尼さんたちにマシンを売るやつがあるか。世の中に尼さんぐらい買物上手はいないのだ。このへまの、とりこぼし野郎の、へぼどもめ。おまえたちはセールスマンとしては落第だ。この青二才の、田吾作め』……」

「筋が通らないと思うわ」

有子がいった。

「会長が甘い顔なさらなければいいじゃありませんか」

爆発するようないい方だった。

「甘い顔して原価を打ち明ける、原価で売ってくれといわれてまた甘い顔をしてそれをのむ。そうして、一所懸命セールスしたわたしたちに当り散らす。おかしいわ」

加美山が会長の耳許でなにかコチョコチョ囁《ささや》いていた。たぶん通訳しているのだろう。

「シャタップ・チッピイ」

加美山の通訳が終らぬうちに会長が怒鳴った。チッピイとは「あばずれ」のことだ。

「ガンモル」

これは「ギャングの情婦《すけ》」だ。

「くされオ××コ《バッバッ》」

これは日本語だ。六本木あたりのバーでおぼえたのだろう。

「さようなら」

有子は会長に手を振った。それからおれたちに「ごめんなさい。昨日からまた便秘なの。それで頻発なに症状で気が立っていてつい逆らっちゃった」と小声でい、会長室を出て行った。

「レディズマン」

高橋が会長に向って舌を出し、有子のあとにつづく。「女たらし」という意味だ。

「ハズビーン」

節子も高橋のあとを追った。これは「時代おくれのバカ」という悪態口だ。おれはとっさに英語が思い浮ばなかったので、

「オタンコナス」

と怒鳴ってやった。

エピローグ

日録によれば、われわれさそりチームは、一年ちょっとの間に、五十件近い契約を獲得し、百台以上のビジネスマシンを売ることに成功していた。「売る」ということばが不適当なら「押しつける」といいかえてもよいが、とにかくその一台一台に「あのときはあんな手を使ったっけ」「このときはこんなやり方で押しつけたっけ」と多少の感慨がある。だがとりわけ懐しく思い出されたのが、右の五件のセールスだった。この五件にはいずれも失敗が絡んでいる。ノートを閉じながら、小学校の教師がよく口にする台詞「だめな子ほどよく憶えているものです」を思い浮べた。

窓の外では雨がやんでいた。初冬の午後の薄日が舗道の濡れた石を弱々しく照している。

「晩飯を御馳走してやろうな。みんなですき焼でもやらかそうじゃないか」

カウンターのうしろから買物籠をとった。

「ちょっと材料を買いに出てくる。留守の間に、常連の奥さんたちがやってくるかもしれん。ヘルスセンターで水泳をしての帰りで奥さんたちは腹を空かせているだろうが、今日は引き取ってもらってくれ。内輪の集まりがあるので今日は午後七時までは店を休む。マスターがそういっていたと伝えてくれないか」

「チーフ、待ってよ」

節子がおれのジャンパーの裾を摑《つか》んだ。

「さそりチームのセールス日録を読んで何も感じなかったの」

「感じたさ。胸が締めつけられそうなぐらい懐しかったねえ。ひとことでいえばグッド・オールド・デイズ……」

「またチームを組む気はないかしら」

有子がいった。

「下着問屋の事務室で帳簿や伝票と睨めっこするのにあきあきしたの。死ぬほど退屈」

「同感だわ」

節子が有子のあとを引き継いだ。

「本を売るのも退屈よ。だって定価九八〇円の本は九八〇円で売らなければならないでしょ。そういうのに向いてないのよ。九八〇円の本を五〇〇円で売って、お客さんが（これは儲けた）とにやりとする、そのにやりにつけ込んで一〇〇〇円の本を五〇〇〇円で売りつける。こういうことが許されるなら、本屋の店員もまんざらじゃないけど」

「百科事典のセールスだって似たようなものだ」

高橋はセールス日録の表紙を、パイプ愛好家が秘蔵のパイプを磨くときのような手つきで、やさしく撫でまわしている。

「チームを組む。相手に応じてさまざまな人間に化ける。そして詐欺すれすれのやり口で相手にさほど必要でないビッグマシンを押しつける。あのスリル……。チーフ、もういちどこの四人であのスリルを味わいたいんですよ」

「会社づとめはごめんだな」

「ですからフリーでやるんですよ。たとえばどこかの下着屋さんが暖冬異変でラクダのシャツと股引を百着ばかり抱えて困っている。それを聞きつけたら、われわれがだれかに売り込んでやる」

「それもできればラクダの股引なんか絶対に必要のないトンガの王様なんかに売りつけるの」

節子が傍から補足した。

「クーラーをエスキモーに、石油をアラブの王様に、売れ残りの本をその著者に、パイロット万年筆をセーラー万年筆の社長に、テレビを松下幸之助氏に、どこかで物件を見つけてきて、その物件を絶対に買いそうもない人間に売りつけるのよ。そうしてその口銭で暮しを立てる。四人ぐらい、どうにか喰えると思うわ」

「このスナックの留守番を五年の約束で引き受けたんだ。あと三年残っている。残念ながらできない相談だな」

ドアを背に両手を腰において通せんぼでもしているように両足を開いて立っている有子を押しのけて外へ出た。

「地道に暮らす、それがいちばんだよ」

肉屋へ行って極上のすき焼用肉を一キロ買った。次にパン屋に寄った。客に供するためのサンドイッチ用のパンを四斤買う。それから郵便局で五万円の現金封筒を広島にいる家主の中村宛に送る。そのあいだずうっと、おれはいつだったか週刊誌で読んだある小説家の談話を頭に思い泛《うか》べていた。その小説家はいわゆる娯楽小説の書き手で、荒唐無稽の嘘八百ばかり並べることで知られているが、「作家を志した動機は」という設問に、

「刑務所に入るのがいやだったんですな。それで小説を書くことにしたのです」

と答えていた。

「幼いときから、ひょいとなんの考えもなく嘘をつく癖があったんですよ、ぼくには。他人をよろこばせようとして小さな嘘をつく。矯正しようとしたが直らない。いまに詐欺か

なんかで捕まってしまうぞと思いました。そこであるとき考えに考え嘘をつくこの性癖を利用して小説を書いてはどうかと思い当ったのです。原稿用紙の上で嘘をつく、これならだれにも咎《とが》められない。それどころか嘘をうまくつけば人にほめられる。小説という仕事がなかったら、ぼくは嘘の上に嘘を積みあげて世渡りする小悪党として生きていたでしょう、刑務所と娑婆とを何回か往復しながら、ね」

有子も節子も高橋もこの小説家の同類ではあるまいか。マシンを売るために彼等は口から出放題の嘘をつく。マシンという物件が存在するから彼等は嘘つきの汚名を辛うじてまぬがれていた。また逆に、マシンという真実に寄りかかって彼等は「嘘をつかねば生きていけない」という自分たちの性癖をなだめすかしてきた。だがこのまま二年も三年もその機会に恵まれないと、つまり別にいえば、物件という真実や、セールスという枠を与えてやらぬと、本物の小悪党になってしまうのではないか。いやもうひとつ突っ込んでいうならば、彼等は嘘のつけない生活にもう我慢がならなくなったのではないか。放っておくと、近いうちに彼等は本物の詐欺師になってしまうぞ。

「彼等は」などとひとごとのようにいうな、という声がおれの頭のどこかでした。「さそりのマスターはじつに話がおもしろい。だが千三《せんみ》つ屋だね。嘘ばっかりだ。世間話の相手としてはもってこい、退屈しない。だが、あのマスターとまともな話をしてはいけないよ」という噂が常連の間で囁き交されているのを知らないのか。その中では自在に嘘をつくことの許されているセールスという枠、それを最も必要としているのはおまえではないか。

だが、いまの生活は大した旨味《うまみ》はないけれどもそれなりに安定している。すくなくともさしあたり喰うには困らない。それに中村との約束もある。当分はこのままで行くしかないのではないか、と思った。四人でまたチームを作るにしても、いますぐにではなく時間をかけてじっくりと……。

「やっぱりここにいたわね」

郵便局の隣のスーパーで豆腐や白たきを籠に放り込んでいるところへ、赤いトレパンのおばさんが駆けてきた。近くの建築会社の社長夫人で、スナックさそりの常連のひとりである。

「マスター、どうしてまずわたしに話してくれなかったのよ。水臭いわね。ひどいじゃないの」

社長夫人の鼻翼の脇の皺にしがみついていた汗の粒がほろりと落ちた。烈しいものいいに、汗粒が皺から振り落されたのだ。

「いましがたさそりで聞いたばかりなんだけど、マスターはさそりの営業権をわたしに売ろうと思っていたんだってね」

「営業権って、なんのことです」

「白っぱくれて、まあ。でももうごまかしはきかないわよ。あのスナックの持主の中村さんの代理人から、ちゃんとそう聞いたんだから」

近所の奥さんたちといっしょに、いつものようにヘルスセンターの帰りにさそりへ寄ったら、店内で女が二人、口論をしていたんだよ、と社長夫人はつづけた。年かさの、三十四、五のたいへんな美人が、

「わたしはマスターから直接に『この店の権利を五十万で譲ってあげてもいい』といわれ、それで飛んできたんです」

といい張っていたという。有子だな、と思いながらおれは聞いていた。

「このスナックは場所がいいので、月の純利が三十万にはなる。五万の家賃を払っても二十五万、決して損はない。マスターは電話口で帳簿の数字を読みあげてくれた。それほど熱心にすすめてくれたのよ。だからここはわたしのものです」

これに対して二十歳《はたち》を出たばかりの可愛い顔をした娘が（節子のことだろう、とおれは思った）、

「マスターはわたしには四十万の権利で譲ろうといってくれたわ」

と反論していたそうだ。

「あなたに五十万といっていたマスターが、わたしには十万も安い四十万でいいと手紙をくれたのよ。ね、これでマスターがだれにこのお店の営業権を譲ろうとしていたか、はっきりとわかるじゃない」

有子と節子は《隣の芝生》という手を使ったな、とピンときた。ある物件がいかに有利かを周囲に信じ込ませるために、馴れ合いの喧嘩をしながら数字を喚き立て、それによって周囲に購買欲を煽《あお》る手で、これはセールス術の初歩である。

「すると若い男が止めに入ったのよ。この人がスナックの持主の中村さんの代理人」

家主の代理人とは口から出まかせ、高橋にちがいない。

「その代理人が二人にぴしゃりとこういった。『マスターの若林さんは、わたしに、ここの常連の奥さんに三十万の権利金で売りたい、といっていましたよ。今日の午後、そういう電話を貰ったのだから間違いありません。なんでもその奥さんには、若いボーイフレンドがいるらしい。そのボーイフレンドにここをやらせたらいいのになあ、と若林さんはいってました。いや、まてよ。ボーイフレンドじゃなくて、親戚だか知り合いだかの若者といってたかな。とにかく若林さんは、その奥さんにまず三十万で持ちかけてみよう。その奥さんが首を横に振ったら、そのときは次の買手に当ってみる。そういってましたよ』

……」

これは《八卦見《はっけみ》》というセールス術である。ボーイフレンドだか親戚の若者だか知り合いの若者だか……と曖昧にいうところが味噌だ。人間、四十歳にもなれば、たいていふらふらと遊んでいる若者のひとりやふたりと知り合いになる。《隣の芝生》で欲の皮を突っ張らせたところへこの《八卦見》で暗示をかけられると、

（あ、わたしのことをいっているのだわ。わたし、ふらふら遊んでいる子を知ってる。若林さんは、あの子にこの店をやったら、といってくれているんだ）

と思い込んでしまうのだ。社長夫人はみごとにそれに引っ掛った……。

「ねえ、マスター。わたしの甥がね、なにが気に入らないのか会社をやめてふらふらしてるのよ。マスターはその甥のことをいっているんだと思うけど、たのむからお店の権利をわたしに売ってちょうだい。恩に着ます」

高橋たちめ、おれに御輿《おみこし》を上げさせるためにスナックの権利を勝手に売りに出してしまったな。

「たしかにマスターが睨んだとおりよ。あの子、サラリーマンより水商売の方が向いているかもしれない。ね、マスター、権利を売ってくれるわね」

ふしぎに腹が立たなかった。

「どうなのよ、マスター」

おれはにやりとしながら社長夫人にいった。

「ああ、いいですよ。ただし三十万、即金でおねがいしますよ。前の仕事に戻ろうと思うんだが、それにはちょっとまとまった元手がいるんですよ」

「よかった。お金は明日中になんとかしますけど、でもマスターの前の仕事ってなんだったの」

おれはそれには答えずに、葱や椎茸を大量に籠へぶち込んだ。今夜はさそりチーム再結成の記念すべき夜だ。ひとつ盛大にやってやろう。酒も買わなくてはなるまい。

解説

池上冬樹

井上ひさしの小説の解説だが、まずは、デニス・ルヘインの『シャッター・アイランド』の話からはじめたいと思う。原著も翻訳（早川書房）も二〇〇三年である。

ボストン沖のシャッター島に、アッシュクリフ病院という精神を病んだ犯罪者のための病院があり、一九五四年、そこで一人の女性患者が行方不明になる。捜査のために連邦保安官のテディ・ダニエルズと、相棒のチャック・オールが派遣されて調べると、女性患者は、鍵のかかった病室から抜け出し、誰にも見られずに姿を消したのだという。病室には「4の法則」という謎のメッセージが残されていた、というのが発端である。

ひじょうに凝った構成で、サスペンスは盛り上がり、謎が解かれる瞬間が待ち遠しくなるのだが、単行本では結末が袋綴じになっていた。そこまで読んで面白くないなら、書店にもっていけば返金をうけられるという「返金保証」である。つまり版元は面白さに絶対の自信があるから袋綴じにしたわけだが、実際、驚きの大どんでん返しがあり、やられた！　という声をあげたくなる。たんにどんでん返しだけでなく、やるせない悲しみをたたえたルヘインらしい挑戦作で、海外のインタビューをもとに力をこめて解説を書いた。

この解説、袋綴じに入っているから、当然立ち読みできず、解説担当者としては自信作であったゆえに、ちょっとさみしい思いをした覚えがある。三年後、ハヤカワ文庫に収録されたが、単行本と同じ解説ではまずいので、別の人間が担当した。

映画ファンならご存じのように、この小説は七年後の二〇一〇年にハリウッドで映画化された。監督はマーティン・スコセッシ、主演はレオナルド・ディカプリオという豪華版で、原作に忠実な映画の印象で面白く見たが、井上ひさしはどのように見ただろうかと思った。日本で公開されたのは二〇一〇年四月九日だが、偶然、その日に井上ひさしは七十五歳の人生に幕をおろした。

解説を担当したとき、正直に告白するなら、井上ひさしのデビュー戯曲『日本人のへそ』(一九六九年)を読んでいなかった。映画は好きだが、演劇にもうひとつ興味がなくて、井上ひさしの小説は読んでいたけれど、戯曲は全部を読んでいなかった。しかも井上戯曲との出会いが『夢の裂け目』で、その後に続く『夢の泪』『夢の痂』などの東京裁判三部作のような社会派的なものに目がいって、吃音患者たちが吃音の治療のために劇中劇を演じるという『日本人のへそ』を敬遠していたのである。

しかし、たまたま仙台の古本屋で入手できたので、試しに読み始めたら、やめられなくなり、一気読みだった。しかも驚いた。思わず、これは『シャッター・アイランド』ではないか！　と叫んでしまったのである。単行本の袋綴じ解説で『日本人のへそ』に触れなかったのは痛恨の極みだったが、しかし一言でもふれたらネタバレになったかも。

というと、二つの作品を知らない人は、孤島での失踪した女性患者の行方探しと吃音の治療のための劇中劇のどこに繋がりがあるんだ？　と思うかもしれないが、こればかりは興趣を著しくそぐので説明できない。デニス・ルヘインは『日本人のへそ』の最初のどんでん返しを日本人の誰かにきいて『シャッター・アイランド』を書いたのではないかと思ってしまうが、もちろんそれは偶然だろう。ルヘインはすでに『ミスティック・リバー』という傑作を書いていたし、『シャッター・アイランド』以降も『運命の日』『夜に生きる』『ザ・ドロップ』『過ぎ去りし世界』『あなたを愛してから』など秀作・傑作を世に送り出して、いまや現代アメリカ・ミステリを代表する作家である。

しかし井上ひさしと比べると技と趣向が足りない。物語の大胆な転換を促す舞台劇のようなプロットは考えついても、『日本人のへそ』と比べたら『シャッター・アイランド』はミステリとして物足りないだろう。『日本人のへそ』は劇中劇の回数が半端ではないからで、おいおいまたひっくりかえすの？　と啞然とするほどしつこいからだ。

そう、井上ひさしはデビュー当時からミステリ作家だった。中公文庫で『十二人の手紙』が大ヒットし、『四捨五入殺人事件』『犯罪調書』などミステリ系の作品のリバイバルが続いているけれど、その人気は当然だろう。一九七五年から一九九七年までの国産ミステリを選ぶ『ミステリ・ベスト201』(池上冬樹編、新書館)を編んだときも、ミステリプロパー以外から、遠藤周作『スキャンダル』、筒井康隆『富豪刑事』、有吉佐和子『開幕ベルは華やかに』とともに井上ひさし『十二人の手紙』をいれた。十二人の手紙という書簡体形式もさることながら、書簡体形式を自在に使いこなして、巧緻極まりない物語を作り上げるレベルはミステリ作家以上だろう。余談になるが、視点とプロットに一家言をもち、『水中眼鏡の女』『燃える地の果てに』などどんでん返しの名手でもある作家の逢坂剛氏がおりにふれて『十二人の手紙』を絶賛していることを付け加えておく。

さて、枕が長くなってしまった。本書『さそりたち』である。これは一九七五年から七八年に「オール讀物」に連載され、七九年に文藝春秋から単行本として刊行され、八二年に文春文庫に収録された。長く品切れ絶版が続き、井上作品のなかでも埋もれた存在となっていた。いま読むと若干古さを覚えるけれど、語りの名手なので飽きさせない。

主人公は営業マンの若林。会社は、米国資本が七十五パーセントの「ワールド・キャッシュ・レジスター・カンパニー・リミテッド」、略してWCR。売り物は金銭登録機、加算機、電子計算機などの事務用機器だが、この経理会計システムの機械はみなとても高額。正直にセールスしてても買ってもらえないので、どうしても詐欺まがいのテクニックを駆使して購買の方向にもっていく。

若林は三人の部下とともにチーム「さそり」を結成して、高額な経理会計システムを売りつけようとする。ターゲットは、くせ者の大地主（「会長夫人の花扇」）、老舗旅館の女主人（「大黒舘の情死体」）、学習塾チェーンを展開するヤクザの親分（「秋田おばこの花入墨」）、金欲・色欲にまみれた地方都市の市長（「小便小僧の花角力」）、そしてカトリック新聞発行人の修道女（「〝さそり〟最後の事件」）とバラエティに富む。

「まったくその気のない相手を口説き、煽て、罠にかけ」、大変高額な会計機を「買う気にさせ、おしまいには契約書に判を捺させてしまう。この駆け引きがこたえられない」と若林は考える。「おれたちの売りつけた事務用機械が相手の役に立つかどうかはこの際どうでもよい。象を射つ狩猟者が、射った後の象の皮をどうするのか、肉をどう始末するのか考えたりしないのと同じように、おれたちの頭にあるのはただ大物を口説き落すことだけ、あとは野にでも山にでも勝手になってちょうだい」というのだから、もう悪党に近い。いやはっきりいって、詐欺師である。さそりチームのモットーは「機械を売るためならよろこんで自分の魂さえも売る」し、「機械を売り込むためには殺人以外のことはなんでもやる」と豪語するからである。また別のところでは、セールスマンとは「移動する祭礼」といって文化論的考察もして説得力があるのだが、しかしやることは阿漕きわまりない。

一見すると読者が共感を覚えることは難しい設定なのだが（人を不幸にする詐欺師の話など読みたいと思わないのだが）、読んでいると不思議とカタルシスに似たものを覚えて満足してしまうのは、成功を手にすることが難しいからである。天の配分なのか、儲けを与えそうで与えないところが、この連作に微妙な面白さを付与して、主人公たちに親近感を覚えさせる。「小便小僧の花角力」や「〝さそり〟最後の事件」が特にそうだが、オチが面白く、意外なところから計画が頓挫するからたまらない。

ミステリ的にいうなら、これはコン・ゲーム小説である。コン・ゲームとはお人好しを騙す信用詐欺のことで、ハリウッド映画の名作『スティング』『ペーパームーン』（ともに一九七三年制作。日本公開は七四年）、小説ではジェフリー・アーチャーの『百万ドルをとり返せ！』（七六年、翻訳は七七年）が有名だろう。時期的にも、本書『さそりたち』は映画や小説の影響を強く受けているのではないかと思う（これらの映画も小説も当時日本で大ヒットしたし、いまだに語り・読み継がれている）。現代の読者なら、テレビドラマから映画化もされた『コンフィデンス・マンJP』（二〇一八年）が好きという人は、本書を読むといいだろう。詐欺師の視点から、ターゲットをいかに騙すのかを綿密な計画と実行を通して描いていくからである。

エンターテインメントの小説はみな職業小説として充実していないといけないが、本書は実にことこまかくセールスマンの実態が描かれてある。チームワークを駆使したカモを誘い込む芝居も手が込んでいて感心するやら笑うやら何ともおかしい。コン・ゲームは基本的にユーモア・ピカレスクなので、ジャンル小説としても徹底しているといっていい。

そして大事なのは、さきほどもふれたが、詐欺師の小説なのに後味がいいことである。井上ひさしは嬉々として詐欺師たちに密着して騙すことに喜びを見出している。この詐欺師への愛は、井上ひさしの性質にもよると沢木耕太郎はあるところで書いている。

沢木によれば「井上ひさしの第二の天職は詐欺師であるにちがいない」というのである。井上の小説の主人公たちは(『モッキンポット師の後始末』でも『手鎖心中』でも『青葉繁れる』でも)「世界に関わろうとする時、冗談・イタズラ・ウソ・ペテン・詐欺、といった系列の行動を主としてとってしまう」が、「主人公たちの詐欺的行為は、多くが失敗する運命にある」という。「彼らは小さな悪意とそれに数倍する大いなる善意をもって、世界を必死にとびはねるのだ。必死でありながら失敗することで、彼らの詐欺的行為の中に存在する真実が逆に保証されている。井上ひさしの小説におけるひとつの主題は『必死の詐欺師』の『詐欺師の真実』を描くことにある」（新潮社『作家との遭遇　全作家論』所収「必死の詐欺師」より）というのだが、本書『さそりたち』にもいえることだろう。沢木は詐欺師自身の真実に限定しているが、「小便小僧の花角力」がいい例だが、詐欺師たちの行為が、政治を自分のものにする民衆の心意気を明らかにする場合もある。さきほど言及した「移動する祭礼」もそうだが、文化論的なアプローチから人間の真実に迫ることもある。だからこそ、描かれる風俗が少し古めかしくても充分に読ませるのである。

沢木はさらに、井上ひさし戯曲における「分散と集約」という「一流の詐欺師の高等な戦略そのもの」にも言及する。「ある主題について思いついた事柄を、まず第一幕ですべて投げ出してみる。そして、第二幕では、第一幕で投げ出され、抛り出され、分散された事柄を出来るだけ手早く掻き集めてみせる」（「七十四歳までに五十本」）という井上の文章を引いて、「可能なかぎり遠く広くにそれぞれ関係なさそうな真珠をばらまき、それを一瞬のうちに一本の糸でつないでしまう。『分散と集約』こそスティング、騙しの要諦なのである」と述べているのだが、これはまさに冒頭で紹介した『日本人のへそ』のことでもある。

なお、沢木があえて「スティング」と英語を使っているのは、日本公開一九七四年の映画『スティング』が各地の名画座で何度も上映されて（数年間各地の名画座をまわり、そのあとテレビ放映という順序)、コン・ゲームが広く話題になってもいた時期であるからだろう。正確に書くなら、沢木のこの「必死の詐欺師」が発表されたのが一九七九年五月、単行本の『さそりたち』刊行の二ヵ月後である。「最新作『さそりたち』では、ついに職業的な詐欺師の集団の研究をするに到った」とも言及されている。

ともかく、本書『さそりたち』は、井上ひさしを代表する作品とはいえないまでも、コン・ゲーム小説というミステリのジャンルに入る佳作だろう。沢木耕太郎の出色の井上ひさし論を確かめるうえでも興味深いし、中公文庫で続々上梓されている井上ひさしのミステリ系の作品に愛着をもたれたファンならきっと愉しめるだろう。

（いけがみ　ふゆき／文芸評論家・東北芸術工科大学教授）

『さそりたち』

初出　『オール讀物』（文藝春秋）不定期連載

単行本　一九七九年三月　文藝春秋刊

文庫　一九八二年三月　文春文庫

＊各章のタイトルは、初出時のものが単行本刊行に際して左記のように改められましたが、本文庫版では、著作権継承者の了解のもとに、初出時のタイトルを用いました。

初出タイトル

会長夫人の花扇（一九七五年五月号掲載）

大黒舘の情死体（一九七五年八月号掲載）

秋田おばこの花入墨（一九七五年十一月号掲載）

小便小僧の花角力（一九七六年二月号掲載）

〝さそり〟最後の事件（一九七八年八月号掲載）

単行本タイトル

プロローグ（単行本書き下ろし）

七六年三月　データ・センター・システム

七六年五月　フロントマシン

七六年八月　情報検索機

七六年十二月　自動給茶機

七七年五月　自動封入封帯機

エピローグ（単行本書き下ろし）

本文中に、今日の人権意識に照らして不適切な語句や表現が見られますが、著者が故人であること、執筆当時の社会的・時代的背景と作品の文化的価値に鑑みて、そのままとしました。

中公文庫

さそりたち

2021年7月25日　初版発行

著　者　井上《いのうえ》ひさし

発行者　松田　陽三

発行所　中央公論新社
〒100-8152　東京都千代田区大手町1-7-1
電話　販売 03-5299-1730　編集 03-5299-1890
URL http://www.chuko.co.jp/

ＤＴＰ　嵐下英治
印　刷　三晃印刷
製　本　小泉製本

Published by CHUOKORON-SHINSHA, INC.
Printed in Japan　ISBN978-4-12-207084-4 C1193

各書目の下段の数字はＩＳＢＮコードです。978－4－12が省略してあります。

中公文庫既刊より

い-35-18
にほん語観察ノート　井上ひさし
ふだんの言葉の中に隠れている日本語のひみつとは？「言葉の貯金がなにより楽しみ」という筆者のとっておき。持ち出し厳禁、言葉の見本帳。
204351-0

い-35-19
イソップ株式会社　井上ひさし　和田　誠絵
夏休み。いなかですごす二人の姉弟のもとに、毎日届く父からの手紙には、一日一話の小さな「お話」が書かれていた。物語が生み出す、新しい家族の姿。
204985-7

い-35-20
十二人の手紙　井上ひさし
転落した修道女の身も心もボロボロの手紙や家出少女の手紙など、手紙だけが物語る笑いと哀しみがいっぱいの迫真の人生ドラマ。新装改版。〈解説〉扇田昭彦
205103-4

い-35-23
井上ひさしの読書眼鏡　井上ひさし
面白くて、恐ろしい本の数々。足かけ四年にわたり新聞連載された表題コラム34編。そして、藤沢周平、米原万里の本を論じる、最後の書評集。〈解説〉松山　巖
206180-4

い-35-24
完本　小林一茶　井上ひさし
何重にも施された仕掛けによって、おかしく哀しく敬虔に俳人一茶の半生を描き出す、読売文学賞受賞の傑作戯曲。エッセイ、対談、「一茶百句」などを増補。
206847-6

い-35-25
四捨五入殺人事件　井上ひさし
大雨で孤立状態となった山間の温泉宿。そこに足止めされた二人の作家の前で、密室殺人が起こる。演劇的仕掛けに富んだミステリーの逸品。〈解説〉松田哲夫
206905-3

い-35-26
犯罪調書　井上ひさし
犯罪はその時代の意匠である。古今東西の犯罪から、著者が興味を引かれた二十件を選び、鋭い人間観察と心理描写で、その暗部・背景を洞察。〈解説〉吉岡　忍
206932-9